站直的人生

鲁先圣 —— 著

山东城市出版传媒集团·济南出版社

图书在版编目(CIP)数据

站直的人生 / 鲁先圣著. -- 济南 : 济南出版社, 2020.6

ISBN 978-7-5488-4352-8

Ⅰ. ①站… Ⅱ. ①鲁… Ⅲ. ①散文集－中国－当代 Ⅳ. ①I267

中国版本图书馆CIP数据核字(2020)第105809号

站直的人生

鲁先圣 著

出 版 人	崔 刚
责任编辑	李圣红 董慧慧
装帧设计	王园园
出版发行	济南出版社
地 址	济南市二环南路1号
邮 编	250002
印 刷	济南鲁森印务有限公司
成品尺寸	148mm×210mm 32开
印 张	8
字 数	158千
印 数	1—5000册
版 次	2020年6月第1版
印 次	2020年6月第1次印刷
书 号	ISBN 978-7-5488-4352-8
定 价	39.00元

(如有倒页、缺页、白页,请直接与出版社联系调换。联系电话:0531-86131736)

自序

一个人一生要走哪一条路，总是有一定之缘的。似乎在遥远的心灵深处，总有一种力量启示着你从繁芜的人生路上迂回靠近既定之路——不论你走了多久。

在文字上行走，这不是人人都可以体验感受的。我越来越觉得，在这条道路上走的人，每一天都不是轻轻松松，而是被自己的灵魂拷问、鞭打、逼迫着，时刻站在自己的内心深处。

这条道最初的形象是美丽的，所以在它的出发点上，聚集了许许多多清纯的少男少女。这些可爱的人儿如痴如醉地看到了它灿烂的悬挂于终点上的花环。但当还没有走过几步，很多人就退缩了，回到了原路，又各奔东西。因为这条道不是舒适平坦的花园路，是失败、颓丧、无奈凝聚而成的坎坷之途，如若不是意志坚定者，谁又会义无反顾地扑进它苦难的深处呢？

这其实不是一条路，它是一个归宿，一个终结，一种最终的无奈的选择。在我的生命之初，我曾热恋于它的美丽，记下了许多少年日记，写了许多稚嫩的文字，但并未持续多久。来自各个方面的教育和引诱都不是这条道路的，许多成功者的启示都是另外的。最

初的思索和追求很轻易地就被扼杀了。我曾经走过仕途，也走过商路，两条路都不好走。还有什么路好走呢？我独自坐于窗前，漠视着这变幻莫测的世界，开始思索自己在这人世间存在的意义，思考曾经那么丰富多彩的人生，思考曾经那么迷恋的事业，思考自己的来去之路。

并非所有的思考者都会有结晶，大多数人在思考之后有所顿悟，但终究没有行动。但有一部分人却不同，深切地禅悟，而后在沉寂中开始了在文字上行走的征程。譬如司马迁，在官路上走了大半辈子，几乎就位极人臣，一个大坎让他顿悟，于是他独坐孤窗，完成了巨著《史记》。譬如巴尔扎克，他在商路上走了半辈子，终于发现自己没有经商才能，于是独自藏身于一座破旧的阁楼上，写就辉煌的《人间喜剧》。鲁迅也是做过官行过医的，最终选择了文学的道路。

所有在其他路上不幸的人们，又不甘于失败，最终都走向了思考。所有把灵魂交给文学，在文字上行走的人们，自古及今绵延不绝。因为，在文字上行走，不是越走距自己越远，而是由自己的灵魂牵引着一天天接近自己，倾听自己心灵的声音。在文字上行走，虽步履维艰，却没有陷害，只要你自己义无反顾，就没有力量能够阻挡。

我把生命交给了文学，命定般地要在文字上行走下去。因为别的路我都已尝试过了，只有这里是我的归宿。

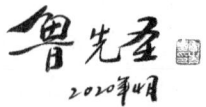

目录 contents

第一辑　漫溢在生命中的茶香　/　1

难忘的青葱岁月　/　3

漫溢在生命中的茶香　/　8

人之初　/　11

文学是一种缘　/　13

一念之间　/　15

泗渡人生　/　17

寻找自己的天空　/　19

美丽的织锦　/　22

遥远的炊烟　/　25

乡村夏日趣事　/　28

春天的思绪　/　31

第二辑　总有几段黑暗的隧洞要你独自穿行　/　33

以青春的名义　/　35

总有几段黑暗的隧洞要你独自穿行　/　38

人生的约定　/　44

她寄来一朵白云　/　47

挚友　/　49

遥远的书箱　/　52

假若有来生　/　54

宁静而美丽的地方　/　57

生活的课堂更珍贵　/　59

永远的灯光　/　62

红薯印象　/　64

家乡的枣树林　/　66

愧为人子　/　68

第三辑　生命的甘泉　/　71

我们很远，又很近　/　73

纯情如水　/　75

启蒙老师　/　78

生命的甘泉　/　80

善良之美　/　83

找回自己 / 85

失书之痛 / 87

崇高的羞辱 / 89

心灵的远方 / 92

酷爱读书的打工仔 / 94

书的悲哀 / 97

健康的存折 / 99

苍凉之爱 / 102

人生中不可饶恕的悲哀 / 104

秋天的故事 / 106

第四辑　恩情无价 / 109

卖豆浆的少年 / 111

挺直的腰杆 / 114

苍茫人生 / 118

痛苦，人生美丽的契机 / 120

恩情无价 / 122

远逝的故事 / 124

意志的力量 / 127

父亲的教子哲学 / 130

从冬日阳光中获得壮丽的永恒 / 132

那些平凡却让我们感动 / 134

没有了母亲，哪里还有家 / 137

乡村醉人的月光 / 141

品味人生 / 144

希望的灯盏 / 146

逆境造就强者 / 148

令人尊敬的拾荒老人 / 150

秋柳含烟 / 152

第五辑　走向剩下的麦田 / 155

天空有朵美丽的云 / 157

迟来的雪 / 160

独享水色 / 163

苍老的大运河 / 166

自信的力量 / 172

选择贯穿生命始终 / 174

生命节拍 / 176

从容的雨天 / 187

寻找对手 / 190

走向剩下的麦田 / 192

站直的人生 / 195

生命的绿洲 / 198

第六辑　寂寞烟霞只自知　/　201

精神的家园　/　203

心有常闲　/　205

一个秋天将要远逝　/　207

走进自己思想的灵田　/　209

我的文学生活　/　211

寂寞烟霞只自知　/　213

废墟上的灵光　/　216

人生突围　/　221

个性　/　223

爱情九歌　/　225

激情的人生　/　228

生命的深处　/　230

不疯魔，不成活　/　232

爱斯基摩人"插刀待狼"　/　234

敬畏之心　/　236

任何成功者的真相都不浪漫　/　239

鸿鹄之志　/　241

柳色如烟　/　243

第一辑

漫溢在生命中的茶香

难忘的青葱岁月

中学是一段永远难忘的青葱岁月，如饥似渴的学习生活，同学间淳朴的友谊，都成为一生的珍藏。

我的母校是山东济宁嘉祥县二中。那个年代，学校生活没有现在这样多样，大家都一门心思地刻苦攻读考大学。尽管生活十分艰苦，但是没有人抱怨。现在想来，镌刻在记忆中最深刻的，都是刻苦学习的故事。

有一次我在阅读一本杂志的时候，遇到了这样一句话："艰难困苦，玉汝于成。"我不理解这句话的含义，就在晚自习的时候请教教我们语文的谷峰老师。谷峰老师是一位德高望重的老教师，在全县都是语文教学的权威。我当时想，应该不会难住谷老师的。但是没有想到，听了我的问题以后，谷老师真的被难住了。他说：他也难以解答这句话，等他回办公室查一下资料再告诉我。

半小时以后，谷老师回到了教室里。他让大家停下来手里正忙着的作业，听他讲这句话。他讲得很细致，一句话的含义，每一个字的意思，还有语法以及文言文和白话文的区别，并要求大家要永远记住这句话，作为自己的座右铭。

我发现，当时德高望重的谷老师丝毫也没有什么不好意思的神色，他似乎对我的问题十分赞赏。他当时在自习课上就当着大家的面说：任何人都有所不知，老师也有很多不知道的知识，重要的是通过这种方式大家都能够提高。他同时鼓励大家要向我学习，要善于发现问题。而且他告诉大家，这件事，就是古人说的"教学相长"。

我记住了这句话，相信全班同学也记住了这句话。后来的很多年中，我也遇到过很多问题，也遇到过很多学识渊博的人，有过答非所问的尴尬，也有过顾左右而言他的窘迫，都不能一一记起了。但是，谷老师的形象却始终在我的记忆里耸立着，他在我心目中的重量，丝毫也没有因为他的有所不知而减轻，反而变得更加厚重而崇高。

后来谷峰老师调到了市里的教育学院当教授，接替他教我们语文的是钱道君老师。在此之前，我的语文成绩一直都不是十分出众的。钱老师教我们语文，他上的第一堂课就是让我们写一篇描写春天的作文。他让我们走出课堂去，去校外的田野，看看小河，看看树木，看看庄稼，看看阳光，然后回来再写。

我与同学们一起走到了学校西北角的一处梨园。正是梨花盛开的时节，梨园里洁白的花朵强烈地感染着我。我忽然想起唐朝诗人岑参的"忽如一夜春风来，千树万树梨花开"的句子，茅塞顿开，回到教室奋笔疾书，一篇作文很快就写完了。晚自习的时候，钱老师急匆匆地来到教室，他拿着一本作文本，让同学们停下来。他很兴奋地告诉我们："一篇难得的好作文，我要读给大家听。"

他开始读了。我惊喜地发现，正在读的作文正是我写的那篇。从上高中开始，我还没有过自己的文章被老师当作范文读的经历。直到现在，我还能够回忆起当时我那种激动、兴奋、喜悦的心情。读完以后，我当然地受到了老师格外的表扬。下课以后，钱老师把我叫到了他的办公室，他说我很有写作天赋，思维很敏锐，鼓励我好好努力！然后钱老师又让我把这篇作文重新用方格稿纸抄写一遍，他要给报社投稿。

一个月以后，我的文章在报纸上发表了！消息传遍了全校，那篇文章又被老师抄写在了校宣传栏里，我成为全校的作文明星。

一个信念强烈地占有了我的心灵：我是作文优秀的学生，按照钱老师的话说，我只要努力，我甚至具有一个作家的天赋。也就是从那一次开始，我的各门功课成绩都有了显著的进步。我这样想，既然我的作文可以写好，其他功课同样可以。我这样努力着，直到走进大学校门。

多年过去了，我敬重的谷峰老师已经去世。每次回故乡的时候，我都会去看望已经退休赋闲的钱老师。在我看来，他们都是我人生道路上点石成金的人。我的每一部著作出版，我会第一个邮寄给钱老师。我告诉老师，他那时候常常对我说的"你很有写作天赋"的话，对于当时的我是多么重要。正是那句话，让我感觉到自己的与众不同，相信自己有光明的前程。

要说中学时代，还有最难忘的记忆，就是吃窝窝头了。

1978年，我离开村子到镇上读初中。由于离家有十多里路，学校规定一次要带一个星期的干粮。所以每到周末，母亲就忙开了。

父亲和母亲先去村头的石磨屋去磨粮食。因为是给我上学去准备的，所以母亲就从几个很小的布袋子里拿出几把黄豆、高粱放到磨眼里去，而不像平常只是玉米或地瓜干了。大约两个小时，十多斤地瓜干、黄豆、高粱三合面就磨完了。而后母亲就在灶前忙起来，将面做成整整两大锅窝窝头，它们就像军事沙盘上一座座小山似的。

到了傍晚，母亲就把蒸好了的窝窝头凉在厨房里的一个箔子上。这种三合面的窝窝头香脆、酥甜，在一般人家是少有的。父母平时在家里吃的是清一色的地瓜干。那种窝窝头往往因地瓜干的变质而充满了酸涩的霉味，难咬、粘牙，像皮球一样富有弹性。每当母亲用那种自做的很大很大的网兜给我盛满三合面窝窝头，我背上去学校的时候，就暗自立志：将来一定让全家都不再吃纯地瓜干的窝窝头，吃这种三合面的，吃白面馒头。

在学校里，同学们一般每顿饭吃三个窝窝头，个别同学吃四个。每天饭前一小时，就用一个小网兜盛了放到学校食堂的大蒸笼里。几乎都是清一色地瓜干窝窝头，像我拿着三合面的，几乎是没有的。一样的窝窝头，却不会混淆。有的大些，有的小些，有的是圆的，有的是扁的，大家都不会搞混。下课铃声响过，同学们一窝蜂去食堂的蒸笼里拿走各自的窝窝头，霎时饭香溢满了整个校园。一般窝窝头到了星期四就开始长出那种细小的白毛毛了，我们就用水洗一洗再去蒸，却没有同学会大方地扔掉的。因为，这也比家里人吃得要好一些。

当时，老师常常在吃饭的时候来到大家中间对我们说："考上大学就能吃白馒头。"有的教室里，甚至有的同学在墙上画着一个窝窝头和一个白馒头，中间画着一个箭头，极形象地显示出那种遥远的差距和目标。

我吃母亲特做的那种不常见的窝窝头一直到 1982 年。那年，我考上了大学，离开了鲁西南那片贫穷的土地，离开了给我窝窝头吃以壮我筋骨的父母，开始了吃白馒头的历程。

吃着窝窝头读中学的经历，在当时我年少的心中，是一种人生苦难，今天却是我一生受用不尽的人生财富了。

漫溢在生命中的茶香

那是一碗普普通通的用开水冲的鸡蛋茶，里面放了些红糖、香油，这在今天，常常是早晨应急的汤水。但是，我却曾在生命最需要的时刻享用过它。大病几天，无人过问，身边连一碗白开水都没有，这个时候突然有一个人端了一碗冒热气、飘着沁人心脾的香气的鸡蛋茶，来到你身边，这碗茶怎能不胜过百剂良药？

那是1982年6月，天热得像一个大蒸笼。再有20天我们就要上考场，心中的热度，几乎就要沸腾。我所在的嘉祥二中，是个农村中学，教室还是那种老式瓦房，通风不好，又无电扇，60多个同学挤在一间教室里，一向身体虚弱的我终于抵抗不住，病倒了。

同学们把我扶到宿舍休息，又返回教室了。还有20天就要大考，寒窗十年磨一剑，这个时候的每一秒钟都是无价的。宿舍里是那种水泥板通铺，一人一块一米左右的位置，就是我们的床了。宿舍所有的窗子都用砖封死了，没有玻璃，为防止进雨水，就干脆不要窗户了。只有一方门洞射进一些光亮。我的床在最里面，因而即使是白天，我这里也是黑漆漆的。宿舍内一点声响也没有，我静静地躺着。我感觉着自己被烧得迷迷糊糊，头热得难忍，喉咙干燥，整个身子如飘在空中那样虚脱。学校距我家有10多里路，我不忍心让同学牺牲这么多时间去通知我的家人，我就硬挺着。我心中想，挺几天也许就过去了。中午和晚上的时候，同学们回来，给我带些水喝。宿舍没有热水瓶，而平时我们也是不喝水的，只有在吃饭的时候，才会抬一大木桶开水喝。

第三天，我还躺在宿舍里。我感觉病得更加严重，前两天还能靠回忆温习功课，现在只觉脑中一片空白，迷迷糊糊只想喝水。我艰难地侧转头看门口，想在有人经过的时候喊住他，给我送一杯热水来。可是，一直没有人在门口出现。

我感觉头就要炸了，嗓子眼里就要有烟冒出来。

上午11点，朦朦胧胧中有一个小女孩的声音传进我的耳鼓。我以为是幻觉，没有睁眼。突然那声音又响了，轻轻的，温柔的，甜甜的。我确切地听到了是喊我的声音。我挣扎着侧转头，睁开干涩的眼睛。是雪芹，我的历史老师王继安的小女儿。这个小女孩与我们班的每一个人都熟悉，王老师教历史课时，她就趴在窗台上静静地听，上自习时，她经常在教室课桌间穿来穿去。

"哥哥，爸爸刚听说你病了，给你冲了鸡蛋茶，你快喝了吧！"小雪芹说着，把一只那种我们在学校常用的瓷缸端到我的面前。尽管我有些鼻塞，但还是闻到了那股醉人的香气。雪芹打开缸盖，那香气顿时溢满了整个宿舍，而我那病了几天的神经，也顿然振作起来，眼睛也突然明亮起来，脑中也清晰起来，觉得体内有些力量了。

这个时候，王老师走了进来。"快喝了吧，喝了就好了。"王

老师关心地说。我知道今天是星期四，星期四上午有历史课，他是看到我不在教室问了同学们才知道的。当年王老师50多岁，丧妻多年，他一个人带着小女儿在学校里。他虽然不是我们的班主任，但他却常常过问、关心我们。

看着王老师和小雪芹，我的泪水流下来，流进那香气四溢的鸡蛋茶里，又流进我干渴的肺腑。王老师还给我带来了药。次日，我的病便好了，重新坐在教室里。我知道，我的病，好的原因不是药，而是那碗鸡蛋茶。

30多年过去了，王老师更老了，小雪芹长大了，但那个灰白头发的老师和扎着两只小辫子的雪芹却成为我心灵深处最珍贵的藏品。那碗鸡蛋茶的芳香，也一直在我的人生旅途上漫溢着。

人之初

　　人生漫漫，有些事情经历过了，就随着岁月的流逝而变得模糊了。但有的不仅没有淡去，反而越来越清晰，越来越醒目，如刀刻斧凿镂在心灵的壁上，时刻提醒着你，提示着你，成为人生的鸣镝。

　　年少的时候，家境十分贫寒，母亲常年多病，又没钱治疗。父亲每年都去闯关东挣钱贴补家用，家里的事就全靠了多病的母亲。

　　母亲身材并不高大，且因多病极其瘦弱，但每天依然要按时出工，同生产队里的男劳力一样去10里外的洼里干活挣工分，常常很晚才回来。母亲不论什么时候到家，都要拖着疲惫的身子做饭、烧猪食、洗衣服。有时实在支撑不住，就用一块湿毛巾缠在头上。看着母亲蜡黄的脸色和劳累的样子，我心里十分难过，幼小的心灵受到极大的震颤，什么时候自己才能挣钱给娘治病、不要娘去劳作呢？

　　我与邻居家小三是好朋友，小三的哥哥养了一对长毛兔，每两个月就可以卖一次兔毛。小三告诉我，一次他能卖三四块钱。我想，我要是养一对，不是可以挣钱了吗？小兔又不吃粮食，只要我给他们割草就行了。我和姐将过年时父亲给的8角压岁钱全部拿出来交给了小三的哥哥，请他代买。第二天兔子就买来了，只花了五角钱。我就在北屋墙下仿照小三家的样子盖了一个兔窝，开始养兔子了。每天傍晚放学后，放下书包背个柳条筐到村外割小白兔爱吃的水稗草。母亲看我养兔她很高兴，但总担心被我养死，常常提醒我掏兔粪铺干土。其实我早就从小三哥那里学了好多养兔知识，母亲说的这些我早已都做了。小白兔长得很快，三个月就已三斤多重，可以剪毛了。我和姐姐把小兔带到小三家，请小三哥帮助剪毛。我和姐姐都不敢，总担心剪了兔皮。

没有想到那一天会成为我此生永不会忘记的日子。我把兔毛交给收购站那个大胡子的时候，不敢猜测他能给多少钱。我看着他把兔毛翻来覆去地检查、过秤、打算盘。一会儿，他说：五块八。说着，把很新的一张五元币和几张碎币递给了我。我没有来得及数是否对错，接过钱一溜烟儿往家跑。跑到村口，我忽然停下了，心想，母亲身体不好，把钱全交给她，她又存起来不买吃的，怎么办？应该买点好吃的，让母亲补身子。我又返身向镇上跑去，花一块五毛钱买了一个很大的羊架！

那一夜，母亲、姐姐和我都没有睡好。

我还清晰地记得，母亲熬着羊汤，泪水不断地流下来。我知道那是母亲从未有过的喜悦之泪。

那一年，我11岁。

文学是一种缘

时常叩问自己,何以这样以生命和青春为代价去爱、去痴迷文学?

生在农村,家中数代人无识字者,自我拿回学校发给的第一本小学课本之前,家中世代无一本藏书,从未受过文学的半点熏陶。小学和中学,正是20世纪70年代,读书无用,从伙伴那里借来的一本《安徒生童话选》还被老师说成国外黄书没收了去。到了高中二年级,自己还不知怎么回事,让老师分到了文科班里。后来想,大概老师是看自己化学成绩较差的缘故,而不是因为自己的一篇作文曾被当作范文读过,也或者是老师的一个偶然的念头。在文科班里拼命地背史地,稀里糊涂地考取了大学中文系。至此与文学并没有沾边,听教授讲"盛唐之音""魏晋风度""建安风骨",犹如到了中文的沙漠,眼中尽是漫天黄沙而不知去路。同学中似乎也极少有人刻意去做作家的,反而立志到仕途大显身手的不是少数。

然而此时,一个极其偶然的机缘走进了我的人生之门。1982年底,山东省学生联合会和山东省写作学会联合举办"山东省文科大

学生作文竞赛"。当时辅导我们写作的助教老师是现在已经很有名气的女作家郭玲玲,她把通知念给我们听,要求每人写一篇。我并没有想别的,想想自己一个农家孩子走出农村的不易和父母为之付出的苦难与艰辛,当夜流着泪水写了一篇散文《墒情》,是说农民的命运犹如久旱的土地逢甘霖。第二天郭老师立即把我叫到系办公室,让我再抄一遍,告诉我就以这篇散文代表全系参加评奖。郭老师在那篇文章后面写着:"你是一个思考者,只要永远地思考下去,生命就会绽放出美丽的光华。"一个月后,传来消息说《墒情》获奖了。当时全省的获奖者共30多位,在珍珠泉礼堂开了颁奖大会。那一个晚上,我彻夜未眠。我想,我应该抓住这条生命的纤索。

领完奖,我做的第一件事就是到新华书店买了一套《红楼梦》《复活》《约翰·克里斯多夫》。至此,家中给的钱全买了书,学校发的菜票省下来也买了书,整个人都沉浸在了文学的海洋中。我把熟悉的农村生活,农民善良、质朴的美德和自己对人生的感悟写出来。渐渐地我发现文学王国是那么绚丽与雄伟。

写作,你可以为悲哀找到替代,也可以为生存找到出路。你可以到生活的大海中冲击、搏杀,也可以在温馨的小屋内自成一统。而最重要的,是能够时刻倾听自己心灵的声音,可以经常检阅自己的人生旅程,在检阅中重享往日的风景。

没有中学老师的偶然一念,没有那次极其偶然的征文,没有郭老师的偶然选择,也许我就走到另外一条路上去了。人生是一种缘,文学也是一种缘。当机缘叩开你的人生之门,你紧紧地抓住它,它就会引导你走进成功的世界。

一念之间

我每天凌晨 4 时起床，先是冷水浴、洗漱，然后开始晨课，或读书，或书画日课，或写作，到 7 点半左右，人们普遍起床的时候，我已经工作了 3 个多小时。

这是我自学生时代就养成的作息习惯。前不久，见到我中学时期的同班同学刘殿龙，他还回忆说，那时候我每天凌晨 4 点从宿舍起床，端着一盏罩子灯去教室学习，无论冬夏，无论风雨，坚持不懈。同学们开始有不少人效仿，也随我起床去学习，可是后来，越来越少，渐渐又恢复到我一个人了。

已经 30 多年了，从学生时代到今天，每一天，我用凌晨的这 3 个多小时来读书、写作、练书画，白天与大家一样工作和生活，从来没有间断过。中年以后，我建立起了自己壮阔的文学和书画艺术世界。

常常有人问我，凌晨，特别是冬天，谁不愿意恋被窝啊，你怎么能起得来？你为什么有这样的意志？

我说，看起来很难做到的事，其实，只不过每天的一秒钟意志

而已。凌晨4点，生物钟提醒我该起床了，这个时候，我也同样有起还是不起的较量。一秒钟，我想，一个有远大抱负的人，难道起床还需要犹豫吗？就是这一念之间，每一天，我都选择了起床。事实上，不论天气多么恶劣，一旦从被窝里坐起来，穿上第一件衬衣，你就再也不愿意躺下了。

就是这一念之间，当选择学习还是玩乐的时候，我选择了学习；当懒惰与勤奋抉择的时候，我选择了勤奋；当放纵与自律相遇的时候，我选择了自律；当善举与私欲博弈的时候，我选择了善举。

这一念之间，每天给了我3个小时的时间，让我可以专注于自己喜欢的事业。前几年，我写长篇文史传记《陈寅恪传》《100位杰出的中国母亲》等，都是在早晨完成的。每天早晨写两三千字，日积月累，一年下来，一部二三十万字的作品就完成了。

我常常对朋友和读者说：聚沙成塔，集腋成裘，一个人，不论是谁，如果能在一辈子里每天拿出两个小时做同一件事情，这个人，必定能成为那个领域的杰出人物！而那些没有成功的人，或者犯下大错的人，也不过是一念之差的错误或放纵罢了。

一念之间，我做到了。我相信，每一个人都可以。

泅渡人生

生命的历程将如花的青春磨蚀殆尽，所有的人生责任和无穷尽的生活重负纷至沓来。我不仅享受过短暂的胜利喜悦，也承受了许多跌入人生低谷时的痛苦。我意识到人生原不是拥簇着鲜花的成功和暗无天日的失败了。人生不是轻易地在成功与失败之间徘徊的，它是人在彼此之间精疲力竭的挣扎泅渡，随时出现的惊涛骇浪都会将渺小微弱的生命葬身海底。

浪漫的人生是艺术家们坐在温馨的花园里虚构出的幻想世界。艺术家们往往对现实生活进行艺术创造，他们幻想出不尽的浪漫美景给这个世界增加美丽的色彩。一切的浪漫都是追求浪漫者一厢情愿的幻想，那多彩的浪漫会让你从跨出现实生活的第一步起，重新品尝现实世界的严峻与冷酷。

所有追求浪漫的人最终都会回到现实生活，变得更加实际，这是人生最高贵的哲学。

我在新闻界工作了几年了，这里面的人时时令我惊讶。忧国忧民之士有，但毕竟是少数。这里面的人总是激昂慷慨着，但到了关键的生死关头，不知道有多少人能挺身而出。我痴爱着文学，它成为我人生痛苦时的依托。但我却又发现，文学渐渐地把我引入了一个更艰难更迷茫的世界。因为文学，我睁开了蒙眬的眼睛，头脑也变得更加清醒。这个世界上的许多正义下面的邪恶再也逃脱不了那双锐利的眼睛。

春节，我回到故乡去。同乡的人们像看待每一个混得很好的人一样看着我。我深知乡邻们对外部世界的了解少得可怜，几乎每一个在外地的人，在乡邻们眼中都是了不起的成功者。我中学的同学是村小学的民办教师，在县里的报纸上发表过两首短诗，他要我带他到外面去，他说一生在这个地方消磨实在冤枉，他想看看外面的世界多精彩。

望着他平静如水的双眸，我的内心深处流淌着阵阵苦涩与酸楚。袅袅炊烟笼罩着的山村，一片红砖青瓦的校舍，几十个天真烂漫的孩子，校墙外一望无尽的竹林，这是何等极致的人生美景。

这一切我都曾经拥有过。这样的人生本来是那样可以悠然地坐在竹排上于河中垂钓的，但我很轻易地抛弃了，而选择了艰难的泅渡。

外面的世界，时刻都狂刮着劲风疾雨，你时刻都在波涛翻滚的大海中泅渡着，也许哪一刻一个大浪打来，你的人生就悄然沉入大海深处。那位小学教师告诉我，他的人生是痛苦的。我告诉他，你的人生很美丽。

人生的道路有很多种。有人可能生来就被安排在了花园里，有人被迫要在茫茫的沙漠中寻找绿洲，而我则在苦难的海洋中泅渡。

寻找自己的天空

久无音信的徐猛那天突然推开我的家门,身后跟着他俏丽的哈萨克族妻子和3岁的女儿。徐猛的外貌并没有多大的改变,只是轮廓更加分明了,双眸显得更咄咄逼人,说话的语气更富节奏感,神色更加自信。从递给我的印刷精美的名片上看得出,他如今是新疆一个市的副市长了。

徐猛是我的大学同窗,毕业后分配到内地一个繁华的小城。那是一个有着深厚文化内涵的城市。小城百年,绵绵延延早已形成了密而不透的人际网络。几千人聚集在方圆不过十几里的狭窄的圈子内,又有许许多多的圈子将人们定位在一个个宿命般的位置上,任何充满个性的抱负与才华都在一个个圈子的限定中消耗殆尽。接到通知书的那一刻,他告诉我,不能把青春不明不白地埋葬在那个令人窒息的小城,做世俗传统的牺牲品,他要到外面的世界去寻找自己的天空。不久,我从朋友们口中得知,徐猛在小城工作半年之后果然不辞而别了。

徐猛是一个个性极强、极有血性的人。在同学中,他过早地显

示出落拓不羁、不甘流俗的性格。同学几年，他苦心于历史和哲学，矢志要做一个政治家，也要通过文字留给后人，绝不能平庸窝囊地活着。我了解徐猛，因而当年对他的贸然出走，没有诧异，只是存了一份担忧，担心年轻气盛的徐猛在远离家乡之后一旦受挫因缺少帮助而走向极端。但我从内心相信，以徐猛的坚强意志不论遇到何种艰难困苦都会克服的。

徐猛一如我心中的徐猛，10年后他站在我面前，依然神采飞扬、谈笑风生，那种自信、洒脱丝毫不减当年。徐猛告诉我，他10年前只身离开那个小城西赴新疆，流浪了一年之久。做过搬运工、养路工、挖土工，一度为生计而疲于奔命。但是，他从未丧失过信心，他坚信总能找到一个适合自己的地方。后来遇到伯乐，他扎扎实实地干起来，在短短几年内，以优异的业绩渐渐为上司器重。后来担任了团市委书记，又被委以副市长的要职。他终于在苍茫的世界中寻找到了适合自己飞翔的天空。假如当年徐猛听任命运的安排，安身在那个平静安逸的小城，如今或许也难免如小城里的人们，将自己的才华和抱负都消耗在平庸的等待之中，把自己鲜活的生命和不凡的灵魂沉没在烦琐的事物中。而那些美丽绚烂的理想，便定如东逝之水了。

生命的意义在于激发自己不断探索与进取，在动人心魄的抗争中，寻找适合自己存在与发展的坐标，升华灵魂，洗练思想，走向卓越。

既然旧的氛围不能容下一个思想者的抗争，既然不能在这片土地上埋下种子收获个性，既然活着的意义已变成一种敷衍、一种应付，就只有义无反顾地离开，假如你不甘于流俗。

征程无涯，下一条道路或许更坎坷，下一个城市或许更令人失望，新识的一群人也许更加不中意，但最终却让你在艰难的征程中饱览了大自然的绮丽与人世间的多彩风景，体验了生命处于极致的雄奇。

任何一个不凡者，一个卓有建树的人，必定要经历一个冲破羁绊的过程，如那咬破蚕茧的飞蛾，脱颖而出的锋刃，破土挺拔的嫩竹。

其实，我们每一个人都生活在无数的传统与羁绊中，伦理的、世俗的、感情的，种种无形的绳索时刻缠绕在我们的周围，扼杀着个性的张扬与拓展。冲破羁绊，放逐自己，到浩渺的人生之海上去闯荡，其实并非想象的那样艰难和遥不可及。它只有一步，你要坚定而毫不迟疑地跨出这一步，就足够了。

冲破世俗的偏见，发现和寻找自己的天空，是成就事业的基石。当我们勇敢地跨出了第一步，就会惊奇地发现，人生的道路异常宽广，世界是那么斑斓多彩，原来畏惧、顾虑的那些不可逾越的东西，本是不足为虑的。

固然寻寻觅觅耽误了成功的可能，甚至终生没有寻找到适合自己的天空，但谁说寻找本身那种新奇的人生体验，不是生命的成功呢？

美丽的织锦

织锦,是我的故乡鲁西南女人手工织的一种土布。它原有很多的名字,都是以布的花纹与用途命名的。现在,那些名字都被鲁锦这一名字统一了。原来,它都是女人们手工做了衣服给自己和家人穿的,很少进行交易。今天却不同了,它不仅走进都市,成为一种民俗文化,而且走出国门,成为一种时髦的艺术珍品。

每当我看到娉婷的时装模特,舞动着美丽的身影展示我童年穿的土布,我的双眸顷刻间穿透了三十几年的岁月之壁,眺望到了那曾经极其熟悉的纺织情景。

现在的城市人将其称为鲁锦,这样一个美丽的名字,作为一种民俗文化产品被供上新潮的殿堂。其实,家乡的女人们没有不会纺织的,虽然时隔多年不闻织机声,但我依然清晰地记得母亲织布的全过程。小时候,每天都见母亲织布,那架巨大的张牙舞爪的织布机一年到头几乎没有停止过。织成的布有各种图案,有的是胖胖的小娃娃,有的是各种吉祥的飞禽走兽,颜色最多的达七种。母亲说,不会织布的女人就不能当人家的媳妇。也确实是,几乎没有一家没有织布机的，姑娘到了十二三岁就开始学织布了。我姐姐从10岁就开始学，到了12岁，已经能织比较复杂的品种，在全村颇有名声。家庭之间也往往以储存土布的多少来显示女人的能干与家底的富足。我家的土布在我十二三岁的时候就已装满了一大木柜，足有四五十匹。一般一匹布从上机开始到织完要用一个月的时间，可见女人们的辛劳了。记不清有多少次我是在那有节奏的织布声中睡去，又是在清晨有节奏的织布声中醒来。织成的布，一方面是为全家穿戴铺盖用，一方面是在冬天被卖掉换钱补贴家用。那些看上去很粗糙的土布经母亲和姐姐的手，就变成了一件件衣服、袜子、鞋子、帽子等。

直到20世纪80年代，我到了一个有不少同学是城里孩子的学校读高中，我还是自上而下全身的土布衣服。当时同学中分成了很明显的两类：一类是穿细布（我们家乡称为"洋布"），用缝纫机做的制服的；一类是如我一样穿母亲自手工缝制的土布衣服的。穿细布的同学往往以一种鄙夷蔑视的眼光看我们，称我们为农家的"土著"。

高中二年级的时候，有一次姐姐来学校送干粮，发现班里有很多同学穿那种洁白细软的的确良衣服，下次来的时候也给我带来了一件。我很难过，因为我知道家里的状况，便问姐姐哪来的钱。姐姐说，卖了10尺土布。我知道，10尺土布是要姐姐和母亲用几天时间才能织成的。考上大学后，离开家乡时除了一床姐姐买的床单是细布的外，带的被褥全是土布的，衣服大部分也是土布的。当时母亲说，到城里生活，人家拿的都是细布的，咱拿土布的人家会笑

话。我很坚决地阻止母亲卖土布换细布，我感到穿着土布衣服心里更踏实，因为那上面有母亲和姐姐的汗水与手温。我固执地对母亲说，高中穿细布的同学几乎没有考上大学的，我要穿上细布就不能进步了，母亲信然。

在城市生活的前10年里，我的家里始终没有断过家乡的土布。每次回乡探亲，老母亲都会将早年织的土布拿出一些让我带着，也有不少亲戚自家乡带来的。这些土布我都一一珍藏着，作为贵重的礼品送同学、朋友。因为在我看来，世上没有另外的东西可以替代这用智慧和汗水织成的物品，因为它深远凝重。

后来，听说家乡的土布已走出乡土，远涉重洋，成为外国人欣赏的艺术佳品。现在又见家乡的土布成为都市人崇尚田园风格的流行服饰，心中极其欣慰。我相信城里人穿着它，绝不仅仅是穿件衣服，而是一种文化，一种悠远的民族乡情。

鲁锦，我故乡的美丽！

遥远的炊烟

在城市生活得久了,常常想起乡村里的炊烟。炊烟下,宁静的土屋,果实累累的枣树、石榴树,悠闲的鸡鸭羊群。更常常想起炊烟里的母亲。

只要在乡村生活过,有谁不怀念村庄上空那袅袅升起的炊烟?袅袅的炊烟,在房屋的脊梁上盘旋,在树梢的鸟巢旁飘荡,在胡同的拐角里踱步,最后都凝聚成片片朦胧的烟霞。那温暖的烟霞里,有母亲的呼唤,有奶奶的目光,也有父亲洪钟般的声音。

对炊烟的记忆,是一个人心灵深处的情结,是一个人大浪淘沙之后的顿悟,是人生归于平静的从容。

有多久没有看到过炊烟了?城市里没有炊烟,城市里用的是天然气,即使有了些许的炊烟,也是有害的气体,是不会让人留恋的。况且,城市里的人们,也没有时间留意炊烟,大家都匆匆忙忙,谁会有时间在意稍纵即逝的炊烟?炊烟只属于宁静的乡村,只属于浑厚的黄土地。

只有当停下人生的脚步的时候,只有当心灵归于一份淡雅和安静的时候，那袅袅的炊烟才会从久远的记忆中升起来，瞬间就弥漫了你整个的心灵。

对于有着乡村生活经历的人们来说，童年的时候，炊烟是娘做好的可口的饭菜。伙伴们成群结队去村外的田野里玩耍，去村头的小河里嬉戏，兴致起来，忘记了时间，忘记了回家。这个时候不知道谁说一声，我家房顶上没有烟了，娘做好饭了。大家立刻都齐刷刷地把目光投向村里，纷纷寻找自己家的房顶。不久前还袅袅升起着的炊烟，都已经渐渐散尽了，娘把饭都做好了。大家自然都收了心，赶快追逐着跑向村里，跑回自己的家里，那里有娘可口的饭菜等着啊。再不回家，娘就要到村口呼唤儿子了。

炊烟是汉子们心底的温暖。太阳升起来了，汉子们赶着牲口，拉着牛车，说说笑笑地到村外的田地里劳作。到了中午了，汉子们累了的时候，村里的炊烟也升起来了。这个时候，大家纷纷卸下牲口，在地头坐下，点燃上一支烟，大家的目光都会朝向通往村里的小路。那条小路上，渐渐地，成群结队的妇女，提着饭菜从村里的炊烟里走来了。汉子们的疲劳消失了，那不尽的温暖扑面而来。

炊烟就是远行的游子心中的家园。不论到了天南海北，还是在都市庙堂；不论你名满天下，还是腰缠万贯，最让你动心的，一定是故乡茅屋上升起的那袅袅炊烟啊。不论你遭受了多么深的重创，那随风飘浮的缕缕炊烟，顷刻之间就把你隐藏在了无边的温暖里。

当我们忆起年迈的母亲，母亲的身影多半是在炊烟里。有多少回啊，当我们从野外回到家里，当我们喊娘的时候，母亲的身影正在炊烟里忙碌。我们的姐妹呢？她们的身影在灶前的火洞边，把小辫子甩在身后，正往炉膛里填着玉米和高粱秸秆，手上和鼻尖上都早已经变成了黑色，像一个演戏的大花脸。

我突然间想起人烟这个词。人烟，就一定是人间烟火，也就是指炊烟了。在千里荒漠中孤独地旅行的人，在浩瀚无边的大海中航行的人，突然看到地平线上升起的袅袅炊烟，会激动得热泪盈眶，那是看到了人间的信号。所有漫漫孤旅的寂寞和苍凉，所有长途跋涉的疲惫和恐惧，瞬间都消失得无影无踪了。

没有风的时候，炊烟是一棵树，从家里的灶房里生长起来，然后与全村的树聚合成一棵参天大树。有风的时候就不同了，家家的炊烟刚刚冒上房顶，就迅速汇集一片，变成一片片灰色的云，飘浮到村庄的上空，最后都消失到无边的旷野里。其实，不论是有风的时候还是无风的时候，乡村上空的炊烟都是一幅动人的画卷，像飞流直下的瀑布，像艳丽多彩的锦缎，像婀娜多姿的少女，像飘忽散淡的烟霞。可是炊烟与画卷又不同，因为炊烟里还有麦子的香味，更有母亲殷殷的目光。

乡村夏日趣事

每当到了夏天,自然就想起童年在乡村里捉爬爬的趣事。那时候在乡村,一到了夏天的黄昏,就有一件重要的事情吸引着我走出家门:那就是到村边的树下面,到河边的堤坝上,去捉爬爬。

在城市里,蝉一般是叫作知了,而蝉的幼虫叫知了猴。在我的老家鲁西南就不同,蝉叫嘟了,而蝉的幼虫叫爬爬。吃过晚饭,要么是伙伴们邀在一起,要么是由哥哥姐姐领着,拿着小铁铲、长竹竿,喊着去捉爬爬逮嘟了,一阵风似的跑出家门。

有一件事情到现在我也弄不明白,为什么爬爬总是到了太阳落山以后才从地下钻出来,为什么白天它不出来。按说它在地下,看不到上面是白天还是傍晚,它怎么掌握得这样准时,总是在黄昏的时候爬出来呢?小时候,就这个问题我问父母、问哥哥姐姐多次,但没有人能够告诉我答案。反正大家都知道一点,只有到了太阳落了以后,爬爬才开始从地下露出头来。

并不是所有的树下面都有爬爬,只有几种树的附近比较多,像杨树、柳树、榆树,其他的树附近就少了,而椿树的下面没有。爬爬就在树冠所能够覆盖的范围以内,离开了这个范围,就肯定没有。也不明白这是为什么,但这些常识却在小小年纪就掌握了。

爬爬从地下往外钻,最初是在地表出现一个很小的洞。只要有了经验以后就会明白,爬爬的洞与其他诸如蚂蚁的洞有根本的区别。蚂蚁洞是那种一看上去就很细窄,洞口比较规则,上下粗细均匀的。而爬爬洞却不同,洞口比蚂蚁洞大,不规则,一看就发现洞口里面很大。而且很多时候是在洞口露着爬爬的尖鼻子,或者露着正扒着洞口的两只小爪子。想抓出它来其实十分简单,你用一个手指往洞里一伸,它的两只小爪子就抓住你的手指,一带就带上来了。有个别的也很狡猾,你一伸手,它马上就缩回去了,而且会赶紧扒周围的土掩埋自己的洞穴。你的动作稍微慢一些,等再伸手到洞里,就发现它已经消失得无影无踪了。所以,我们都是带着一个小铲子,任凭爬爬怎么狡猾,从洞的一侧一铲下去,爬爬洞就暴露无遗了。

天很快就黑下来了。黑天以后,爬爬就都钻出了洞穴,向着树的方向爬。我想,我的故乡一带之所以把它叫爬爬,大概就是根据它这个阶段的特征叫的。

如果在松软的沙土地面上,爬爬就很难逃脱被抓住的厄运。因为它爬行的时候在地面上留下了一道很清晰的痕迹,顺着那道痕迹去找,不论它爬到了哪里,都是跑不掉的。但在比较硬的地面就很难说了,你发现了一个新鲜的洞,但却不知道它爬向了哪个方向。尤其是在树比较密集的地方,它钻出地面后以很快的速度爬到了树上,钻到了树叶下面,你就很难发现了。

在盛夏的时候,一般一个傍晚能够捉到几十只爬爬。回到家里,

母亲就会用盐先腌起来,次日的中午,或者油炸,或者切碎了拌以鸡蛋和葱叶蒸,都是农家孩子难得的美味。

孩子们很少捉树上的嘟了,一是它会飞,不容易捉,再是大人们说捉了嘟了明年就没有爬爬了,要留着它下子。夏日黄昏捉爬爬的经历过去20多年了,但今天回忆起来还是那么历历在目,还是觉得那么饶有趣味。

春天的思绪

当春天昂扬的脚步匆匆走来的时候,我的血液中涌动起一股温热撩人的春潮。回望那片被严冬压抑了整整一个季节的心灵的原野,心中的愤懑与不平再也难以接受强加的克制。春天来了,绿色苍翠的生命复苏了,希望的机会一个个地迎面走来。这个春意盎然的季节,我已经等待了很久。

春天的风是希望的家园。荒芜苍凉的土地因春风的吹拂而有了绿意,那无数弱小的生命在春风中挣扎着破土而出,又比肩接踵地向着辽阔的蓝天竞发。一株弱不禁风的幼树,会因春风的扶持而向着高大伟岸挺进!

那浩瀚的森林更是万象更新,一夜之间,春的消息传遍林中,无边无际的茂密又在春风的拂煦中孕育了。

没有什么比河水更理解春风的美意,死气沉沉的水流,在春风的荡漾中即刻奏起美妙动听的乐章。

春风中,一颗饱经沧桑的心灵振作起来了,这是自然的恩赐。万物复苏的季节,你有什么理由让它逃掉呢?

相比春天，夏天是严酷的，秋天是沉重的，冬天的日子让生命的希望都消失在远方。所有这些生命中困顿的日子，我几乎无一例外地品尝过其中的滋味。在每一次遭遇厄运的时候，我一直在想，季节是更替运转的，不论冬天多么冰冷与无情，春天总会来的。

当人生的冬天来了，我发现身边许多同我一样遭受磨难的人低下了头颅，有人甚至永远地躺在了冰雪之中。我常常听到这样一句哀叹：我为什么总是不幸呢？面对这样的哀叹，我从内心深处发出一声怒吼：站起来，冬天之后不就是春天嘛！

太阳每天都会升起，黑夜之后即是黎明。春天不是一个遥远的等待和未来。只要有种子存在，一切就有希望。当春风吹来的时候，种子就会在春的沐浴中绽出嫩绿，结出硕果，这是季节给予生命的全部含义。

春天是一个充满希望的季节。在这个季节里，我们尽可能将过去所有岁月中的不幸与磨难抛到生命之外，重新赋予生命一种全新的意义。

辽远的大地上已经有了一丝绿色的影子，我为此而激动不已。一棵衰草都能改变自然的颜色，何况我们？

绿色的春风吹来了，我昂起头颅，伸出双手。

第二辑

总有几段黑暗的隧洞
要你独自穿行

以青春的名义

没有比拥有青春更令人羡慕的了。在青春面前，一切的功勋与成就都显得懦弱而苍白。因为拥有青春，我们就可以不卑不亢地面对人生；因为拥有青春，我们就可以对狂妄的成功者宣战，可以对自己的失败理直气壮地说等下一次机会。不论处在怎样的人生关口，我们都可以以青春的名义度过。

成功，只是一个历程的终结，一个目标的达成。尽管，它也许是别人历经千辛万苦终生奋斗的结果，但对于你来说，它只不过是一个参照，你完全不必为他人的成功而拜倒。你富有的青春，谁能预料会创造出多少这样的成功！如果你已经有了一次人生的成功，你也不必骄傲止步，你应该相信这只是你青春的开场白。你的起点已达到了一个别人羡慕的高度，你何不把它伸向更加高远的天际？

失败，同样是一个历程的终结。不能因为自己拥有青春而轻视别人的失败。也许那失败者正是因为有了青春的资本才产生了惰性，以为总有不尽丰饶的青春可供挥霍，就不再珍惜手中的日子，结果丧失了机会，也荒废了岁月。别人的失败，对富有青春者是一种无价的提醒。假如失败了，决不能自暴自弃，因为你可以以青春的名义自信地重新站在另一个高度，去挽回失去的岁月。但有一点必须警惕：青春不是取之不竭的。

青春是可塑的，它会在珍惜它的人面前无限地伸张，而在挥霍它的人面前则稍纵即逝。因而拥有青春并不等于拥有成功，它是有条件的。

青春是难以分界的。它是哪一天来临，将在哪一天消逝，没有人能够明断。因而青春是一种感觉，是对自己的自信力充分估价的结论。青春是进取的代言人，只要保持一颗进取之心，青春就在你的人生旅途中永驻。

青春是美丽的，它在珍惜它的人面前总是呈现着鲜艳的色彩，用多姿的富丽装扮着明快的生活。但青春又是残酷的，它对恣意浪费它的人总是显示着刻薄与无情。而当这种人试图理解它、珍惜它的时候，它却毫不留情地像电光一闪，躲到生命的尽头去了。它从不给挥霍它的人一个改正的机会，只给你无尽的愧悔，只让你看到青春在别人手中绽放灿烂，而对于自己却是残酷的打击。

有人说青春是一个大盗，它把人一生中最珍贵的部分都盗走了，留给少年的只是无知，留给中年的是劳累，留给老年的是无奈，而它自己却独享充沛的精神、睿智的颖悟、健壮的体力。其实，错误不在于青春，而在于你自己。你倘若把握住青春，善于利用青春，你会从青春那里得到无尽的财富。

青春是这样的性格，它从不以自己的富有去炫耀于人，也不以自己的快速流逝警醒昏睡着的人，它始终主宰着自己的命运。不论面对哪一种人，青春都显示着自己的大度与从容。它不是一部分一部分地消失，也不是陡然远行，而是在你的不知不觉中，一秒一秒地慢慢走掉的。因此失去青春的人总是那些沾沾自喜、胸无大志者，而那些睿智的人总能认识它的价值，因而防患于未然，把它的每一点都充分地运用起来。

人的生命是一条奔流不息的河流，而青春则是河流中最激越的部分。恰当地把握住青春，生命会由平凡走向崇高，激越的河流则会成为不同凡响的大海波涛。

赫拉克利特说："人不能两次踏进同一条河流，因为无论是这条河还是这个人都已经不同。"没有比这句话更适合作青春的定义了。青春就是这样地从从容容，而又一刻不停。宝贵的青春，一个人只有一次，从不多给哪一个人一分钟。

没有一种不幸可以与失掉青春相比。珍惜青春吧，年轻的人们，让我们以青春的名义盟誓！

总有几段黑暗的隧洞要你独自穿行

有的人也许是幸运的,一生中没有经历过什么坎坷。但是,对于大多数人来说,人生中总是会有几段黑暗的隧洞要你独自穿行。这个时候,让自己在苦难和寂寞中变得更加强壮,就成为一个人能否成功的试金石。

这是我故乡的几个特殊的孩子:小禾,小席,小鸽,还有小宝。他们都是我的晚辈。这些年来,我始终关注着这几个孩子的命运。他们中间,有的现在已经成功穿越了那几段最黑暗的隧洞,有的依然还在黑暗的隧洞中独自穿行。

小禾是我一个远房亲戚的孩子,他结婚后生了一个儿子。但是,就在他满怀希望地憧憬着美好未来的时候,灾难接踵而至。先是他的父亲一病不起,花了3万多元,终是没有保住生命。接着是他的儿子得了一种怪病,看了一年多也告不治,而且又花了3万多元。本来生龙活虎的五口之家,顷刻间支离破碎,债台高筑。他不明白自己为什么一再遭受厄运,他曾三次自杀,两次出走。

回乡的时候我见到小禾，告诉他，相信自己，你每天早晨看到的阳光比别人不差分毫，人生中总有几段黑暗的隧洞，要你独自穿行，一切总会好起来的。

几年以后，当我回乡再次见到小禾的时候，他果然走出了困境。他又添了一个儿子，他从骑着自行车走街串村收购废品，到办一家收购站，依靠收购废品发了家。他春风满面地来见我，他说，他把我曾经告诉他的这句话，写在自己时刻能够看到的墙上，时刻激励自己不要怕，竟然真的挺过来了。

小席是从我们村考出的大学生，他上的是一所交通学院。但是，当他毕业后怀抱着美好的理想准备到社会上大显身手时，他却没有在城市里找到愿意接收他的单位。最后还是一个在乡政府工作的本家帮忙，让他在乡里的交通站上了班。身份是临时工，月工资只有300元。他很困惑，他学有所长，在学校是品学兼优的学生，难道就要在这个只有3个人的交通站里干一辈子临时工吗？如果这样，不要说什么抱负和理想，就是养家糊口也实现不了啊。

我告诉小席："你应该想办法突破自己，既然没有什么希望，就应该另辟蹊径，没有什么力量能够阻挡你迎接下一个黎明。当你穿越了人生中黑暗的隧洞，一切都会好起来的。"

我至今记忆犹新，他当时与我告别的时候，那种闪现在他眸子里的闪闪泪光。现在，这个青年已经与我生活在一个城市里，他在与我见面的那一年发奋苦读，次年考取了母校的研究生，毕业以后就职于省交通主管部门，目前已经是小有成就的工程师了。

小席常常到我的家里来，他说他最相信这个道理：经历黑暗是一笔巨大的财富，黑暗之后一切都会好起来的。

是的，我一直这样认为，一切苦难都会过去，总是会好起来的。我不仅把这句话当作自己的人生财富和信条，也时刻在告诉那些面临人生困境的人们。当你感觉末日即将到来，当你感觉自己难以逾越面前的沟壑，你就应该这样提醒自己：自己与他人一样面对明天的日出，自己被太阳照耀的时间与别人同样多，只要自己勇敢面对，就能战胜困难。

前些年，每年回老家过年的时候都能够见到小鸽。初一的凌晨，按老家的风俗是给村里长辈拜年的时刻，小鸽就会由父亲领着来我的家里给我母亲拜年。小鸽是我一个远房二哥的儿子，那年17岁，正在家乡的中学读高中三年级。

从邻居们的口中，我知道小鸽的母亲在他8岁那一年就离开了这个家，去了附近村子一个日子殷实的人家。原因并不复杂，那时小鸽的父亲做生意亏了本钱，日子过得十分拮据，小鸽的母亲忍受不了贫寒清苦的日子，就扔下男人和儿子改嫁了。

三年前的春节，我认识了小鸽。那年，二哥特意带着他到我的家里，给我母亲拜年。拜完年，二哥自豪地告诉我，对于儿子他寄托了无限的期望。我也看得出来，小鸽是个非常出色的孩子。

因为是第一次见我，孩子的脸上露出一些腼腆的神色。二哥告诉他，这就是你二叔，爸爸小时候的伙伴。小鸽说他在一些杂志上读过我很多篇文章，他也坚信自己可以像二叔那样走出乡村。

小鸽问我:"二叔,你说我能够成功吗?"

"当然,只要你有远大的志向,勤奋努力,就一定成功。"我坚定地说。但是,孩子的回答让我很吃惊。他说:"不,二叔,我没有远大的志向,我只想考上大学,让我们家富裕起来,让妈妈回来。"

当时,二哥很生气,对我说:"这孩子多没出息,你妈抛弃了我们,我们即使富裕了也不要她,儿子你将来要做大事。"孩子接着问我:"二叔,我听说山东大学有法律专业,我就考那里,我要用法律讨回妈妈!"

第二年的春节,我又见到了小鸽。他还是那样的神情,问我:"二叔,我今年就高考了,我要考山东大学的法律系,我要讨回妈妈。你说我能够成功吗?"

望着孩子清澈的眼神,我十分坚定地告诉他:"生活不会亏待任何一个努力的人,只要你努力了,你就一定能够实现自己的目标。"

小鸽的影子始终在我的眼前晃动。不管小鸽美好的愿望能否成真,但是我想,执着的追求一定能够让这个孩子走出贫穷,穿越他黑暗的人生隧洞,走出一片光亮的人生。

小宝本来有一个幸福的家庭。父亲是复员军人,有一手木匠的好手艺,走村串乡做家具,有不错的收入;母亲能织会纺,是勤快能干的女人;爷爷和奶奶身体硬朗,还能做些轻微的劳动。小宝家是村里少有的殷实人家。爷爷常常对人说,凭自己家的条件,说什么也得把小宝供成个大学生。

但是天有不测风云,就在小宝6岁的那年冬天,爸爸因为外出

做家具积劳成疾，竟然不治身亡。家里的顶梁柱垮了，主要的收入来源没有了，又因为看病花光了积蓄，看着两个老人和幼小的儿子，年轻的母亲承受不了这突然的变故，扔下老人和孩子，跟随一个外地人改嫁走了。

一个殷实幸福的家庭，突然间成为村里最困难的人家。看着年迈的爷爷奶奶牵着幼小的孙子去收割庄稼，村里人总会伸手帮他们一把。但是，就要到了升学年龄的小宝怎么办？家里哪里还有钱供孩子读书？

就在这个时候，在小宝的母亲改嫁后的第二年春天，更大的灾难再次袭击了这个已经陷入困境的家庭。爷爷在晚上去田里浇庄稼的时候，不慎摔倒在水沟里，尽管沟里的水不是很深，但老人身体瘦弱，活活被淹死了。

一个活生生的家庭，只剩下了已经没有劳动能力的奶奶和幼小的孙子。老人无法承受这一再的打击，半年以后的冬天，也一病不起，终是撇下孙子走了。

小宝的父亲是棵独苗，没有兄弟姐妹，谁来抚养这个可怜的孩子？冬天到了，乡亲们送件自己孩子的衣服，把孩子领回家吃顿热饭，让自己的孩子去陪他一起熬过漫漫长夜，但是孩子上学的钱呢？

村里的小学了解到小宝的情况，让孩子免费入学，可是孩子的一日三餐呢？在学校没待多久，小宝终于无法克服遇到的生活问题，辍学回家了。

小伙伴给小宝送了一对兔子，一个远房亲戚送来了一只小羊羔，小宝从此有了两个相依为命的生灵。小宝与它们住在一个屋子里，就是那间靠近大门的小草房。羊羔拴在墙角里，小兔子满地跑，小宝学会了熬汤蒸饭，家里又有了生活的气息。

小宝的伙伴只要放了学就来小宝家，所以每天小宝牵着羊下田割草的时候，总是赶在放学前回来，他要听小伙伴们给他讲学校里的事情，他要看伙伴们的课本，而伙伴们在他的家里却像进了自由的天堂。他们无拘无束，在一起学习，在一起讲故事。不到一年，小宝的兔子越来越多。羊羔也长大了，他卖了羊羔，又买了长毛兔，好剪兔子毛卖。每当小宝割草回家，几十只兔子从各个角落里奔跑过来，小宝就像一个凯旋的将军。

所有的孤独寂寞和困苦，小宝都靠自己坚忍的意志熬过来了。今天的小宝已经长成了一个大小伙，村里人知道，他一天也没有停止过自学，弄不明白的问题就去学校问老师。他在艰难的生活中，一天也没有放任自己。除了自学，只要有时间，不论谁家需要帮忙，他都会帮一把。在乡亲们的眼里，小宝是个懂事的好孩子。

小宝18岁了，乡亲们和伙伴都鼓励小宝去参加高考。小宝报了名，去了考场，他第一次让自己的知识接受检验。生活这一次没有辜负他，果然，小宝考了高分，被一所北京的名牌大学录取了！

我春节回乡的时候见到了小宝。他的眉宇之间已经完全具有了来自名牌大学的那种自信和坚毅。我欣慰地拍拍他的肩膀，告诉他，他已经把人生中最深重的苦难都独自担当，再也没有什么困境能够阻止他前行的脚步。

小宝自信地告诉我，他时刻都在以我的话激励自己，相信自己一定会穿越黑暗的隧洞！

人生的约定

曾记得当我将要走出大学校门的时候，与同窗好友陈君依依惜别。同学几年，共同的爱好与志向，使我们引为知己。将要天各一方，总觉得我们之间似乎该记住些什么。陈君说，我们来个约定吧，10年以后再见面的时候，都拿着自己的专著。我们凝视着对方，两对眸子中燃烧着理想的火焰。我们充满自信地挥手而别。

在这10年当中，尽管经历了说不尽的坎坎坷坷与风风雨雨，有成功的欢欣，也有受挫的失意，但在我心中，最重要的，刻骨铭心的，一直是那个纯真的约定。不论经历了多少苦难与艰辛，也不论有多少新的讯息，我都一刻不停地为这个约定而努力着。在我的心目中，这不是一个简单的承诺，而是一个人生目标。

毕业10年后的一次同学聚会上，苍老了许多的陈君站在了我的面前，我十分惊诧。10年不见，同学们给我的印象大都是成熟与老练，唯有陈君，增添了许多的萎靡与暮气。我不知道这期间他经历了什么，只知道他一开始被分配到一处山区的中学，后来又调到一个县城的中专学校，生活还比较舒心。

我十分庄重地从包里拿出早已签好了名字的书，这是我积几年之力出的第一本散文集。参加同学聚会，我只带了这一本，我是为了那个约定而准备的。因为，正是这个约定，才使我在这10年当中努力不倦，愈挫愈奋，没有在意一得一失，也没有追逐暂时的浓艳，而是一味沿着约定之路前行。半年前，当我的散文集出版的时候，我的欣喜与喜悦几乎感染了身边的每一个人，那种信守约定，完成了约定的自信与满足，是我10年当中从未享受过的。

　　陈君接过我的书，说了句："哟，出书了，不简单。"而后就随意地把书放在自己的包里。他很随便地翻了翻，甚至连扉页上我签有"为了那个美丽的约定"的字都没有看。他的表情很木然，一丝也没有我想象中的惊喜和高兴。

　　我提到嗓子眼的心，顿然落到心底，变得失意而冰凉。我信守10年的，那个属于我们两个人的郑重的人生约定，他竟然忘了吗？

　　相视无言。10年以前，我们也是曾这样对视着的，然后转身去履行我们的约定。可是今天，我却怎么也按捺不住自己。一种真情被践踏、被冷漠、被屈辱的感受涌上心头。我问："这10年你是怎么过来的？""唉，稀里糊涂，稀里糊涂，混日子罢了。听说你混得不错？"

　　我简直就不敢相信，站在我面前的就是那个当年与我同窗共读，矢志以泰戈尔为目标的陈君。几乎每一天，我们都相约到图书馆，在那个几乎成了我们书桌的案旁，读托尔斯泰，读老庄。我没有回答他的反问。那种世俗的客套话，已使我再也没有了半点谈下去的

兴致与热情。

在一起两天，陈君从未提起我们当年的那个约定，我也没有说。我想，那个圣洁的约定，早已在他世俗的生活中随着时光流逝了。我们再一次分手了。这一次没有任何约定。

约定，是一个目标。信守约定，是一种人生境界。尽管陈君忘记了我们的约定，但我却因约定而走过了自信充实的10年。这个约定将变成美丽而圣洁的记忆，作为珍贵的藏品，永存在我的心灵之底，伴随着我的心灵，走向下一个我自己的约定。

她寄来一朵白云

我收到了一封寄自鲁西南山区的短信。写信人是一位我并不认识的农村姑娘,她落款的名字叫云霞。她在信中说:我家门外是一座山,我常常沿着崎岖的小路爬上山顶,山顶到处是飘浮的白云。今天我站在山顶望蓝天上悠然的云彩,想象着你身居都市的喧嚣与烦躁,就顺手摘下了那朵最洁最白的云,希望它给你带去轻松和愉快。

信很短,一张纸被精巧地叠成了鸽子。读着信,我真切地感受到,也看到了一缕缕白云从白色的鸽翅下飞泻而出,在我的周身飘舞。而后那散发着野花幽香的云彩溢满了房间,瞬间我仿佛真的处在了云彩之中,变成了一朵悠闲的云。

这已经是第三次收到她的信了。前两封信她曾告诉我她从未上过学,靠自学识了字,读了书。她发现书中的山河都不如她家乡的山河美,她要站在家乡的山顶,将家乡山河的壮美写给外面的人们。

她寄给我很多她的文稿。那些文字像她寄来的白云,美丽而清纯。

她在我所在的报社副刊上发了一篇散文《家乡的山,家乡的云》。

她说，我寄给她的样报传遍了全村。

虽然我没有见过那位叫云霞的姑娘，但我却想象得出她站在山顶采鲜花、摘白云的情景。

她寄给我的那只鸽子连同飘逸的白云，我就放在自己的案头。我时时都在感受着白云的缭绕与美丽嘹亮的鸽哨。

人生一世，应该活个明白，活个层次，这位寄白云的姑娘该是何等层次的人生！

我认识一位学财经的女大学生，她为了摆脱自己心灵的空虚几次找我谈心。她说，我写的那些人生体验散文，只可体悟，却做不来。她穿得极入时，谈吐也不俗。但是，她却找不到自己的人生出路。

我想我不用跟她谈什么了，只要拿给她看云霞姑娘的信。

心灵的丰实来自人生的品位。那个云霞姑娘的品位犹如她家乡山顶上飘浮的白云。而那位财经专业的女大学生只把目光放在了狭窄拥挤的路上，又在哪里能寻找到人生的品位呢？

放在我案头的那只鸽子，在我案头萦绕的那朵白云，胜我十年面壁。人生如烟，又有什么胜得过时刻与白云相对而坐？

挚友

大周末，天空阴霾四合，有丝丝的小雨吹在脸上。我总觉该到田子那里去一次了。每日安排得满满的采访写作事务，几乎使我们又有几个月没有坐在一起。田子是我的师兄，而且大约是同生在那块热土的缘故，我们除了师兄弟情谊之外，又多了共同的爱好与做人的准则。而更重要的，我想是我们两个同出身于贫寒的家庭，同有着几乎一样的人生伤痕，使我们在远离家乡的城市里成为相知甚深的挚友。

田子做人宽厚从容，又有着机关干部的严谨与慎重，这使他过早地走向成熟，但也使他陷入了自己人生的泥淖。他总是过多地看到自己的弱点与不足，看到自己不小的年龄，而又总是把女孩子们看得圣洁而高贵。所以，他离异之后，尽管时间将近两年了，我那千呼万唤的嫂夫人依然没有着落。

一个32岁的成熟的男人，每晚独自待在那个足有80平米的居室里，房间的空荡与心灵的空荡我想象得出。

到达田子的住处，开门的是另一个人。我喜出望外，他也是我的师兄,现正在一个县里当副县长。我的到来,顿增了许多快乐的气氛。和这位李师兄有10年未见了,只是知道他毕业后分到一个市委办公室,后来去了那个县任职,是我们同学中的佼佼者。

我落座了许久,田子还在教训我,一个下午打了几次电话找,就是没有人,看来还是有缘。

我们相视一笑。

对于我来说,当了副县长的李兄是个成功者,自有着和谐而亮丽的人生,所以谈了不久,我把话题自然引到了田子的身上,从心里希望增加一个砝码说服田子。

岂料,酒过三巡,话题急转而下,远道而来的李兄竟不顾我的劝阻,连干三杯,而后放声大哭。

双目透红,涕泪交流,一个五尺汉子,一个县长,一个人生的成功者,此情此景,我顿感一片茫然。

田子给我讲起李兄的故事。李兄家兄弟七人,家境十分困窘,这使他在小学五年级就失了学,到一个工厂做工,边打工边自学。后来他与同厂的厂长女儿相识、相恋。厂长坚决阻止,而且下令开除了他。正在这时高考恢复,女孩不顾一切地支持他考大学。连续落选三年,都是女孩以自己火热的爱情重新点燃起李兄的进取之火。第四年,他终于考取了。李兄总算给女孩争了一口气。自然,大学毕业后,他们成了夫妻。

可是,生活却没有厚待饱经艰难的李兄。后来,妻子因病切除了子宫,不能生育,他们抱养了一个孩子。妻子开始的情形还好,但不久心态急剧变化,总以为自己不该有这样的回报,总以为自己比别的女人低一头。她摔打物品，虐待孩子，后来发展到虐待老人，到李兄供职的县里撒野。李兄把她送到精神病院，住了一年，但效果并不理想，出来一切照旧。

不能抛弃她，李兄怎么也舍不下当年的患难情意。

不能与她争吵，作为一个领导干部，家庭中天天充满战争，这又是大忌。

不能躲避她，他总想着自己做儿子、做父亲、做丈夫的责任。

不能向朋友倾诉与流泪，一个成功者，还会有痛苦与泪水吗？

田子说完，我默默无语。一个人生的成功者，跑到省城流泪，当着10年未见的同学，我还能说什么呢？

是劝田子，还是劝李兄？

瓶中的酒已经不多了，不觉间三斤白酒已经下肚，三个男人的头都增大了几倍。

夜已深了，我走在回家的路上，任凭雨后的凉风尽情地吹在脸上。

在这个纷繁的人世间，有着多少酸苦的故事？我们中的每一个人，又在扮演着几个角色？流进心里的，本是苦涩的泪水，却又在脸上强绽着微笑。

面对田子与李兄，面对我们所处的世界，我只有默默地祝愿。

遥远的书箱

如今，无论是城市还是乡村的孩子，拥有自己的一架书柜是很普通的事了。然而在我年少的时候，全村像我有一只木箱子，放自己的用书，几乎没有第二个。而且那只木箱子还不是很小的那种，有一米长半米宽30厘米高，又是涂了红漆的，还有黄色的美丽的花纹！

我能在当时家境并不宽裕的时候拥有一只属于自己的书箱，其实是姐姐的功劳。那只箱子原本是归姐姐使用的。女孩子到了十三四岁，便有许多属于自己的东西要放，头绳、胭脂、衣服等。可是姐姐却没要，她在母亲已决定将那只箱子给她使用的时候主动提出让给我。她说，弟弟有很多书，没有箱子放就乱了。

这是我们家唯一的一只箱子，在我们老家一带称作板箱，是用很薄的木板子钉成的，是母亲当年的陪嫁品。母亲用了它几十年，放一些单衣之类的东西，从我记事时就已经裂了几道很宽的缝隙，红漆也脱落得斑斑驳驳。父亲在每年春天都买点红漆漆一遍，但也挡不住虫蚀，不久就会有些碎屑开始往下掉落。姐姐就开始收集了许多的烟盒，很有规律地贴在里面，所以掀开后，里面倒是整齐干净，也很结实。

姐姐没有上过学，连我的那些小画册也看不懂，但却给我买了不少书。从我四五岁时，她就开始买，镇书店里只要有了新的画册和儿童读物，她都不会漏下。到了我上三年级时，我的书已达百余本，这在方圆几个村子的所有小伙伴中，是独一无二的。因而，我家自然就成了伙伴们聚集的地方，年龄大些的，小几岁的，几个、十几个，有时多得屋子里坐不下。没有一个固定的东西放那些画书，有时候就会发生丢失的事。姐姐每天都要替我整理，发现书少了，就到处去找。也有的掉在地上，潮湿了，很快就开始霉变。姐姐说：该做一个木箱子，放这些画书，从哪里拿再放到哪里，编上号码，就不会丢了。可是家里除了母亲的那只箱子外再没有别的，母亲又在箱子里放着许多东西。我们也认为要那只箱子太过奢侈，即使要，母亲也不会答应的。母亲向来就不赞成我看那些画书，说是闲书，看了影响功课。我的那些画书就依然还是零乱地放在我的小床头边。

后来，母亲决定把那只箱子给姐姐用，是我和姐姐没有想到的。姐姐迫不及待地答应下来，就立即开始了对箱子的再加工。求父亲新涂了红漆，用新烟盒重新糊了内里，就又是一只新箱子了。于是，我拥有了一只属于自己的书箱。从那以后，无论是课本还是用过的作业本、画册、课外书都放在里面，再也没有丢失过。

十几年过去了，那只箱子依然完好地放在乡下，与父母做伴。每次回故乡，我都会打开它，仔细地欣赏那里的每一件东西，每一次都会有遥远而美丽的记忆从心底泛起。

假若有来生

　　姐姐怀里抱着年幼的外甥，右肩上挎着一个大大的粗布包，身后背着一个鼓鼓囊囊的编织袋，从鲁西南的嘉祥老家到济南来看望做编辑的弟弟。

　　姐姐敲门的时候，我与妻子正十分焦急地看着电视台关于鲁西南大雨成灾的报道。我心急如焚，乡亲们的生活并不富裕，这大雨岂不让半年收成随水流逝！正在这个时候，敲门声响了。妻子开门，高兴地大叫道："哎，姐姐，姐来了！"

　　姐姐又来了，还有我不满5岁的外甥，从数百里之外的农村老家。

　　姐姐长我6岁，属鸡。姐姐不识字，那是因为我的缘故。1963年，我出生在我们那个贫穷的家里。将到入学年龄的姐姐，担起了照顾我的责任，因为父亲要到很远的关东挣钱，母亲要去生产队干活挣工分。在姐姐那瘦弱的背上，我度过了天真烂漫的童年。在那背上看坑塘边的青蛙，去村头接晚归的母亲，去大门口的榆树下乘凉，姐姐的背就是我的天堂。

　　我到了入学年龄的时候，姐姐已经13岁了，她又担起了家庭生活的重担，做饭、织布、放羊、喂猪、养鸡鸭。当时的我并没有意识到姐姐任务的繁重，只是知道要钱找姐姐，吃干粮找姐姐，穿衣找姐姐，姐姐永远能满足弟弟的需要。只要放学回家，姐姐一定站在街口等我，我便被姐姐牵着一溜小跑去接下田劳作的母亲。

后来，我离开村子到10里外的镇上读中学。开始姐姐很高兴，给我包了好多衣服，尽管是夏天，但也带了棉衣。但以后就不行了，姐姐总放心不下，总以为我照顾不了自己，就每隔十多天到学校去一趟。再后来每周都去，每两三天就去一次，送干粮饼子，送亲手炒的青菜，送衣服，送精心绣制的鞋垫，两三天不见好像我就会给丢了一样。到了接近高考的那一年，我废寝忘食地学习，身体每况愈下，脸色蜡黄，眼睛一天比一天近视。姐姐受不了了，见到我就流泪，后来她再来的时候就说："咱不上学了，受那么大苦，回家吧，姐姐挣给你吃。"姐姐又求父母，坚决让我回家去。面对姐姐心疼的关爱，我越发舍命用功，夜以继日地学。姐姐总是不放心，到了学校从见到我至离开，泪水不断地流。

我接到大学录取通知书的那一刻，也许是姐姐一生中最幸福的时刻了。从我接到通知书的那天，姐姐就开始为我做离家的准备，崭新的被褥，新做的衣服，新绣的鞋垫……姐姐终日沉浸在无比的兴奋之中，一天到晚脸上挂着笑容，眼睛里滚动着喜悦的泪珠。逢人她就说："我弟弟考上大学了，你可不知道他受了多少苦。"

上大学几年，离老家远了，姐姐也出嫁了，但我依然经常接到姐姐专门捎来的东西和姐姐委托别人写的信。姐姐告诉我，考上大学了，不要再那么拼命地费心累脑子累眼睛，免得累坏了身体。

在省城做了刊物编辑的我已届而立之年，有时借外出采访的机会转道去看姐姐，但我算起来还不如姐姐来看我的次数多。有时，当我置身清凉的黄海之滨面对浩瀚的大海，想到姐姐还没有到过海边；站在泰山之顶，想到姐姐还没有爬过泰山；吃着美味佳肴，想到姐姐都没有听说过一道道菜的名字，心里便酸酸楚楚地难受。但过不了多久，这情绪又悄然消失在不尽的平淡之中。

　　每年，姐姐都从农村老家来省城两三次看望我，带来许多家乡的特产。每一次见到我，姐姐的眼里都禁不住地溢出牵挂不尽的泪水。我拿出自己刚刚出版的散文集告诉姐姐，这是我写的书。姐姐却说："这么厚的书，得啥时写完，你看你又累瘦了，脸色还没有我上次来时红润。别再写了，没事就出去散散心看看风景。"

　　面对姐姐，我的泪水向内心深处汩汩流淌。

　　抬头仰望苍天，我默默祈求：假若我有来生，我定要做姐姐，让姐姐做弟弟……

宁静而美丽的地方

大学同学毕业 10 周年聚会，欣然没有来。有人告诉我，她一开始被分到了一所县城学校，后来不知为什么去了一个偏僻的小镇任教。这么多年了，同学们几乎对她的消息一无所知，只是零星地知道她去了一所镇小学，嫁给了那里的一个人，夫妻两人在那个只有他们两人任教的学校教书。

毕业 10 周年，大家已从 20 岁左右的翩翩学子变为社会中各个层面的中坚，有的当了处长，有的考取了研究生，也有的成了教授，大家分别 10 年后再见的喜悦与得意洋溢着整个空间。

我依然想着欣然。那个美丽的女孩，全班年龄最小的同学。

我终于有了一个这样的机会，到她所在的那个小镇去。

同去的朋友告诉我，车子已驶进那个小镇的境内了。我放目窗外，路两旁尽是穿天白杨，一望无际，道路就像一条深不见底的胡同。而天空亦是在城中多年所不见的那种湛蓝蔚蓝。路两旁的沟内是满满的静静的碧绿见底的水。这是森林吗？在鲁西南，没有听说

过哪里有人造森林呀！司机告诉我，只有这一片，原是低洼的湖区，后来改造土壤植树造林，形成了这片十几万亩的人造林区，我顿感神清气爽。不觉间，车子已下了较宽些的乡间沙石路，进入了只能过一辆车的林荫路。上面已看不到天空，路上长满了青草，到处是鸟的鸣声。

到了！在林区的纵深处，出现了一排红砖瓦舍，一群孩子正席地而坐，听一位女教师朗读课文。这无疑就是欣然了，我心中自言自语。四目相对，我惊诧不已，几乎是一成未变的欣然！

欣然那种出乎意料的惊喜溢于言表。在那排瓦房一侧，她那宽敞的家里，我们每人喝了一杯清香不绝的槐花茶。不巧，她的丈夫出去了，没能见到。我在她的书房里停留了很久，满满的足有5000册藏书，而几乎每一本书上，都留有她读过的痕迹。我看了她的手稿，那是一部四卷本的小说，叫《宁静而美丽的地方》。

她告诉我，书稿已寄给北京的一家出版社，来信说已列入出版计划。

我问起聚会的事，她再三地道歉，说实在离不开这几十个孩子。

城市的热闹与喧嚣已改变了我们所有的人，而欣然还是一如既往地生活在我们当初的美丽憧憬里。

告别欣然，回到我生活的城市，我看着这个都市中忙忙碌碌的人们，心中流过阵阵失意与苦涩。

人间有很多宁静而美丽的地方，被我们轻易抛弃了。

人生有很多值得追求的东西，也被我们轻易地舍弃了。

生活的课堂更珍贵

那是一个酷暑的夏日，我从省城赶回故乡看望年迈的母亲。没有电，也没有风，四合院里闷热难耐。我扶着母亲到村口的路边乘凉。我给母亲扇着扇子，讲着外面的故事，母亲沉浸在母子相见的天伦之乐中。

这时一个十二三岁的孩子从田野走来，他背着一大筐青草，手里还牵着一只山羊。"这是谁家的孩子？怎么还割草？不去上学吗？"我一连串地问母亲。

"你还记得你二明哥吧？和你哥一块去当兵的那个，从部队回来两年就得病死了，媳妇改了嫁，撇下这个娃，跟着他大爷生活。"

一个孤儿。离开故乡十多年，对故乡的许多事我都陌生了，但我向来以为乡亲们都早已过上了宽裕的日子。而这个孤儿，在其他孩子都去读书的时候，他却去放羊割草，我想他的大爷是该有责任的。

把母亲扶回家，我便尾随着那个孩子走到了他的家里。他还住在他父母住的院子里，只有他一个。这个院子我曾经很熟悉。那时我还生活在故乡。二明哥是个爱读书的人，经常买些小说和画书，我便常约了伙伴去看画书，听他讲故事。后来二明哥去当了兵，这个院子就冷落了。再后来二明哥复员结婚，这个院子又热闹过一两年。不久我考学离开了故乡，就没有见过他。没想到二明哥早已去世，他的孩子成了孤儿，这个昔日热闹的院子竟是这样的冷落了！

这是三间普通的土房子。这种房子10年前全村家家都是一样的，但现在大多数人家早已都拆掉建了砖房，这恐怕是全村唯一的土房了。房子经过十几年的风风雨雨，斑斑驳驳，几欲倒塌。但院子里还是被打扫得干干净净，靠南面堆了一垛干草，有一个羊圈栏，还有一个兔窝。羊圈栏里有两只山羊，兔窝里有五只长毛兔，这些动物为这所院子增添了许多生命的温暖和热闹。

孩子叫志伟，一个响亮的名字。房间里没有什么东西，只有一张床和一张桌子。但桌子上床上都堆满了书和画册。这些书有二明哥留下的，也有现在的，而且还有几本小说、散文选！

"这些书，是你买的？"

"不是，是学校里的老师借给我的。"

"你割草不影响上学吗？"

"我不上学。"

后来，孩子告诉我，他只上到小学三年级。母亲改嫁后，大爷家学生多，没有钱交学费，就不上了。

"但是，"他说，"我写作文，你看，老师都说我写得好，学校里的学生都来抄我的。"

这是一本用那种灰色的包装纸订成的本子，有一厘米厚，里面密密麻麻地用圆珠笔写满了字。

我一页一页地翻下去，越翻越慢，渐渐地，我的眼睛模糊了。《雨后的草地》《小山羊》《我的小白兔》，篇篇文章都浸润着浓厚的生活气息和对自然、对生命的热爱。到最后，我数了数，有四十多篇。

我想带走这本小册子，我相信省城里的编辑和作家们会为这样一个孩子的作文感动。可是小志伟却不让带。他说，你带走了小册子，伙伴们来抄作文时就没有了，他们就不来玩了。后来，他又说他可以写，我答应复印后再给他带来。我们为此达成约定。

回到家中，我对母亲说，我放些钱给孩子，让他去学校读书。母亲说去年乡里就给他钱，但他大爷嫌家里劳力少学生多，还是不让他上学，让他帮助干农活，没人能说得通。

志伟的那些作文，我已陆续整理出几篇准备推荐给几家报刊发表，里面是充满稚拙而真诚的文字。临离开故乡的时候，我对志伟说，要坚持读书、坚持写作文。志伟说，白天干活，晚上就看书、写作文，写白天做的事，天天都写，已经习惯了。小志伟失去了学校的课堂，但生活的课堂却教给了他学校的课堂所没有的东西，而这些东西，更真诚，更珍贵。

永远的灯光

还没有意识到岁月的匆匆,30岁的年纪已悄然刻上思索的额头。回顾苍茫的30年人生之旅,虽然有坎坷,有平淡,有惬意,也有无奈,但却没有一刻的迷惘与彷徨。因为在我的生命深处,有一盏永远不会熄灭的灯光。

童年的时候,灯光里是母亲和姐姐的影子。父亲忙村里的事情,总是很晚才回来。那一盏煤油灯下,总是母亲和姐姐的身影。吃过晚饭,我就躺在被窝里看母亲做针线活,看姐姐学绣鞋、绣枕头。那是一盏用旧药瓶做的煤油灯:一片小铁皮,一个小铁皮卷,中间卷一缕棉线作灯芯。真是灯光如豆,那灯的火焰也就有一粒黄豆那样大。姐姐常因把头过近地凑近灯火而烧了前额上的头发。姐姐闹着要父亲再做一个,父亲对姐姐说:一家不点二灯呢,不懂事。当时我问父亲:为什么一家不点二灯呢?父亲说:多浪费油,我们穷,要节俭过日子。我告诉姐姐:等我长大了挣很多的钱,让你独自点一盏灯。姐姐很高兴地点头,就依然与母亲合用那一盏灯。为姐姐挣钱点灯的理想,便埋在了我幼小的心灵里。每天晚上,我躺在那里看母亲和姐姐长长的影子,想着自己长大的模样,从未见灯光熄灭的时候。

后来，十几岁的时候，那盏灯下多了我的影子。原来母亲和姐姐两人用的时候，用一根长铁丝把灯吊在梁头上，母亲说高灯下亮。可是我在下面的小板凳上做功课，却怎么也看不清楚。母亲就把灯放在靠床的桌子上，放一块砖当灯座，我趴在桌旁，母亲坐在床上，姐姐坐在床沿桌角旁。我一人占用了最好的位置和最好的灯光，母亲和姐姐离灯远了，看得更加吃力。做着功课，我心里很不是滋味。本来就看不清楚的母亲和姐姐因为我的加入，光线更加模糊了，而我何时才能挣来钱让家里再多一盏灯呢？

日子飞快地流逝，转眼间我升入了高中。学校有电灯，但每晚到9点就熄灯。那个强烈的欲望在我心中燃烧，虽然学校规定10点必须休息，但总不愿睡。我从家里把那盏用了十几年的油灯拿到了学校，白天放在书桌里，晚上熄灯后待同学们都休息了，自己就从窗子里爬进教室，点上那盏煤油灯温习功课，每天都到深夜。到了高三的时候，有些同学也开夜车，买一支蜡烛用。蜡烛明亮、无烟、干净，但我却没有用过。一支蜡烛一角钱，而一角钱的煤油要用一个星期，虽然灯光暗了些，但比起母亲和姐姐，自己一人用一盏灯就已经非常奢侈了。那盏灯在我高中三年间换了无数次灯芯，但那个灯头和瓶子却一直没有坏，直到它照耀着我走进都市，跨进大学的校门，我又把它拿回家交给了母亲。

如今，家乡早就都用上电灯了，姐姐也住到了家乡的县城里，不必再时时提防灯头烧了额发，也无须我提供买油钱。但那盏灯，却一直在我老家的旧屋里保存着，在我的内心深处点燃着，成为我人生之旅的灯塔。

红薯印象

如今,烤地瓜,一个白色的烤桶即可以操作的职业,遍布了大小城市,成为百姓挣钱的一个吃香的行业,也成为城市的一处民俗风景。

在都市的街头,问那面孔被木炭熏得漆黑、手无肉色的烤地瓜的摊贩生意如何,他们往往得意地说:买的可多了,总烤不上卖的。每每走在街头,看着那些穿着时髦的美丽女孩津津有味地品尝烤地瓜的情景,我总会有许多苦涩与香甜的记忆从深远的心底涌出。

我的家乡鲁西南,是盛产红薯的地方。在我年少的时候,每个生产队要栽百多亩红薯。因为它产量高,生长期短,一个家庭一年能分到几千斤。家家都有储藏红薯的地窖。我家的地窖有3米多深,里面有一间屋大小。我们捉迷藏,常常钻到那里面去。有的人家地窖挖得很大,拐几道,像电影《地道战》里面的地道,里面冬暖夏凉,红薯放一年也不会坏,而且存放得越久,越香甜好吃。

最麻烦的是晒薯干。红薯一旦分下来,第一件事就是全家出动晒薯干。用一种平板上钉个镰刀的工具,将红薯切成片状,晾晒在田里。因是夏末秋初的多雨季节，所以晒红薯的时间很重要，红薯晚晾晒一天就可能赶在雨里，全霉了。我们家当时有3个工具，我和姐姐把红薯运送到手持工具的父母和哥哥面前，而后再把切成的红薯片摆放均匀。往往要忙上三五天，才能全部完成。尽管很累，但如能抢在雨天之前，拉着地排车拣晒好的红薯干，那种喜悦总是极其欣慰的。但赶在雨中，也是常有的事。只要赶上了雨天，遍野的洁白瓜干一天之后就变成灰黑的颜色，一年就只能吃霉变的窝窝头了。好的红薯干窝窝头，粘牙，但却有甜味。而霉变的，则苦涩难咽，但却无可奈何，唯一的主粮，是不能扔掉的。

　　后来，土地分到了户，红薯在我的家乡也成了稀少的东西。即便有人种它，也是为了销往城市。在农村，几乎见不到烤红薯卖的，我常常思考这种现象，是农村人不爱吃它了吗？不是，烤的红薯确实是香甜可口的。我认为，农村人如我一样，见到它内心深处总有一种苦涩的滋味。不论如何，看到红薯这个当年我吃着长大的东西，今天作为乡村野味成了城市人的时髦的消费品，我心里总是会有许多记忆涌出来，积淀成许多明亮美丽的形象，雕刻在人生之壁上。

家乡的枣树林

家乡的枣树林，我童年的梦境。那透红的枣子和遍地璀璨的黄花是一幅立体的深厚的画。枣树林在村东，400多棵密密麻麻，大的要两人合抱，小的如手指般粗细，地上还生满了数也数不尽的细苗嫩芽。一棵棵枣树像伞一样蓬杂的树冠交错成一体，浓浓绿荫融合成一片雄浑独特的风景，那便是我童年的故乡令人神往的景致啊！

当学校的放学铃声响过，十几个顽童便一溜烟似的穿过街巷钻到枣树林里去了。冬天，林里荆棘丛生，比赛谁爬的树最多，谁最敢于在林子里飞跑而不被划伤。秋天，看谁最先躲过看林人的眼睛进入枣林痛享那枣甘甜清脆的滋味。夏天，躺在深深的绿荫下，在那与外界隔绝的静美与诡秘的氛围里，尽情地享受那难以言喻的舒适、凉爽与安逸。春天，捉鸟捕蝶摘鲜花，一切的向往与憧憬都融进欢快的惬意里。

在我被枣树针划伤了皮肤，跑到家里让姐姐涂红药水的时候，姐姐告诉我不要再去枣树林耍了。我却说："姐姐，枣树要是没了枣针还会结枣吗？"虽然我们搞得满脸伤痕，腿上流血，但却快活极了。

家乡的枣树林，是我童年中最甜蜜的回忆。

可是，当我被城市的喧嚣繁乱搞得焦头烂额，去故乡寻觅片刻的闲适宁静，到那片枣树林追忆童年梦境的时候，枣树林却早已杳无踪迹，连细苗嫩芽也不见了。

站在我印象中的枣树林边，我忧伤迷惘的眼睛再也找不到往日的风景，心中顿悟出许许多多残破的道理来。没有往日的结束，便没有新的起始；没有旧情怀的割舍，便生不出崭新的情愫。旧的完成了历史使命，远去了，取而代之的必定是更富生命力、更加强悍的新事物。

我的毅然决然坚强自信的故乡性格！

愧为人子

直到父亲咽下最后一口气,再也没有了有节奏的喘息声,我握着父亲的手,由温热变得冰凉,哥哥、姐姐、叔叔们悲怆的哭声震撼着父亲住了三四天的病房,我怎么也不能相信父亲真的就这样地去了。

我跪在父亲身边,看着父亲,父亲依然那样安详,只是脸色蜡黄,双眼里的瞳仁已覆盖了眼球。我的面颊紧紧地贴在父亲的胸口,我努力搜寻着心跳的声音,但父亲的心脏再也没有半点声响了。

我盯着父亲,一个在缤纷的人世间顽强地存活了64个春秋的实实在在的生命,就这么轻淡地远逝了吗?您那一生喜爱的小儿子,他远离了故土,远离了您的身边,刚刚在您所一生憧憬的都市有了宽敞的住宅,就要将您从偏远的乡间接来享受大都市的繁华的时候,您就这样不容挽留地走了。

就在今年的"五一"节,我携妻从省城赶回鲁西南的老家,我是那么兴奋。本来春节我是在老家过的,刚离开父亲不过几个月,可我还是毫不迟疑地决定不参加报社组织的去黄山游览的活动,回到了老家。因为，我有足够的条件可以接父亲到省城颐养天年了。10年前，当我拿着大学录取通知书，在村口告别父亲时，我对父亲说：待儿子读完学业，接父亲去城市住。10年来，我不敢松懈，在事业上取得长进的同时，努力改善家庭生活水平，以期早日接父亲来住，使父亲住得舒适。前几年有过几次念头，但都被父亲以住房挤拒绝了。今年我终于有了宽敞的住房，总可以接父亲来住了。为此，妻子特意买了洁白的窗帘，并在父亲的房间铺了地毯，放了一台彩电。

一路上我想象着父亲随我离家告别乡亲赴省城的情景。父亲一生不识字，自17岁起就承担起家庭生活的重担，只身赴东北扛大木烧砖瓦，备尝生活的艰辛。父亲总是这样告诉我们，他之所以饱受苦难，就因为没有文化。因而父亲不惜一切供我们读书，不论家庭生活多么需要人手，父亲总是一人默默承担。有时，我们实在看不下去父亲的劳累，主动帮他做活，但每次都立刻招来父亲的痛斥。在我年少的心灵里，早已深深镂刻进了这样一个坚定不移的信念，早日学成立业，让父亲好好享受人间美景。我与妻子到家时，父亲已在村口等了6个小时。父亲说他猜准我会回老家看望的，一早就到了村口。尽管父亲知道从济南到家乡要6个小时的时间，但他说离开了济南没准哪一会就到了。父亲在我的搀扶下回到家里，心情异常地好。我告诉父亲，我有了很大的房子，专门为他准备了房间，可以去济南住了。父亲说待今年的这一季苹果收完再去。父亲种了二亩苹果树，今年长势极好。父亲又说要有段时间告知亲友，这么远，走了就难来了。我看出父亲于高兴之中有些故土难离的心情，但瞬间之后又复归于父子相见的喜悦之中了。我也有一身轻松的感觉，父亲一生辛劳,终于可以去品尝一段做大都会市民的滋味,而我总可以尽人子之心,回报父亲生养之恩,了却自己十几年的心事了。

"五一"放假在家几天,父亲总是很认真地听我讲外面的事。父亲对国家时局非常关心,他拿出一沓报纸和杂志,那全是有我的文章的报刊。他说这都从我在乡里工作的堂弟那儿拿来的,他总是让人念给他听。那几天父亲精神一直很好,每天父子谈心至深夜。

人们说,父亲最后曾有几个小时的清醒,是留下最后的气力等着我归来的。我确信不疑。我是父亲的小儿子,父亲的晚年一直在为我而自豪着。虽然,我从未因记者这个职业有过半点的优越感,但是父亲却一直为有个记者儿子而骄傲着。他总是这样告诉亲友,做记者的,都是有很高文化的人。

父亲去世一年多了,但我对父亲的追念不仅没有随着岁月的流逝淡漠,反而越来越强烈,越来越充满了难以原谅的自责。父亲一生没有享受到儿子的回报,他完成了父亲对儿子的义务就这样悄悄地去了。当年,对于儿子,他是那么地竭尽全力,那么地刻不容缓。可是,当儿子反过来回报的时候,却一拖再拖。终于,没有了机会,永远没有了机会。站在济南的最高点,遥望鲁西南深处埋葬父亲的黄土地,我只有日深一日的责任,只有愧对父亲、愧为人子的忏悔!

第三辑

生命的甘泉

我们很远，又很近

在一个微雨的天气，我扶着母亲登上从济宁返回济南的列车。

天气并没有因下着淅淅沥沥的小雨减少它的闷热，车厢里到处都散发着汗臭的气味。我选择一个靠窗的位置让母亲坐下，我坐在母亲身边。对面坐着一位戴眼镜的青年女子，还有两位农民工模样的中年人。接着，在我的外面又坐了一位青年人，戴着眼镜，像个学生。

火车启动了，有风夹着雨滴吹进来，车厢里顿时凉爽起来。

母亲极少外出，与这么几位陌生人这样近地坐在一起，我看得出她十分尴尬与不适。她瞅瞅这个，又瞅瞅那个，终于憋不住了，问对面的女子："闺女多大了，到哪去？"一个老太太总不会让人产生敌意的。那女子嫣然一笑："大娘，去济南。"母亲看了看我，说："咱一路，这闺女说话多甜。"

一时，我们这个窗口的气氛活跃起来。我邻近的青年先与那女子攀谈，先自报家门，他是省内一家科研单位的。那女子又说起一个人，结果两人都认识，立时气氛更融洽了，互相介绍起自己的单位。

女子是省城一家学院的，兰州大学毕业，是回老家金乡县探亲的。母亲很自豪地向人自荐起做记者的儿子，立时引来了两位农民工的话题。他们说起农村的收成、农民生活的不易和外出打工的艰难。我们的窗口成了一个舆论自由的小沙龙。对面窗口的四个人都全神贯注地把头伸向我们这个方向，两边的乘客甚至列车的服务员走到这里也停下来不走了。后来，整个车厢都被我们感染了，大家发自内心地谈论着，谈着自己单位的人与事，谈自己家乡的风土民情，谈天气，谈收成，甚至谈论国际局势。先前只有我们一个窗口说笑的时候，大家都在听我们的。现在，我细心地听着各个窗口的议论，品味着整个车厢的和乐气氛，愉快地笑了。

这种氛围一直到济南。下车的时候，母亲还恋恋不舍地与同窗口的人告别，邀请人家到家中做客。

这是一次极特殊的旅行。我曾无数次坐这样的火车去各地，但总是一言不发地看着自己的书或独自眺望窗外的风景，极少与人谈论，更没有过一次这样和乐的氛围。

人和人很近，又很远，我们每个人都渴望了解，渴望沟通，厌恶孤独。一个陌生的环境，一句话便使大家沟通了，消除了隔膜，有了一次愉悦的交谈。而我们天天生活的环境同样是这样，也许只要一句话就够了。其实，我们很近，只要一句话；我们又很远，没有一句话，如同咫尺天涯。

纯情如水

分别了 10 年，其间再也没有见到过她。10 年间，我东奔西走，不仅换了几次工作，而且换了三个城市，对于那时的一切，都在岁月的冲刷中渐渐淡忘了。

毕业 10 周年聚会，其中一个项目是到当年的教室、图书馆、阅览室重温那时的激情。阅览室早已不是那栋红楼上窄窄的六间房子了，如今搬到了新建的图书馆大楼上，整整一层，近千个平方，宽敞、明亮、气派。我们 100 多个同学鱼贯而入，浏览着报刊、字画，从中寻觅着旧时的风景。阅览室原来只有两个管理员，都是年轻的姑娘。而现在却有十几个人，很规范地站在高大的书架前，目视着我们这一群新面孔。

突然，书架前站着的一位 30 多岁的女士，叫我的名字。我蓦然回首，似曾相识，却又不认识。我一时愣住了。

"你忘了？我是刘云。"

"刘云？"我极力在自己的记忆中搜索着这个已全然陌生的名字。终于，我记起来了，她是当年阅览室里两个管理员中的一个。

当年她可不是这样的胖，我记得她扎着两个长辫子，还是个娃娃脸。这次我真的大吃一惊。10年了，从这个阅览室里，从她的大脑中进进出出几万人，她居然还记着我的名字！

10年光阴，她的变化不小，我的变化也很大。从一个稚气的十八九岁的青年学子变成了棱角分明、沉着、淡漠的青年人。

我努力回忆着当年的情景。记得她总是微笑着，瘦瘦的，高高的。我几乎每天晚上都要到阅览室里来，总是坐着东南角靠近书架的位置，便于调换书刊。由于我看的书刊就那么固定的几种，她大概记住了这个特点，所以调换时总是毫不费力地、极快地换了，我便很感谢地点头。时间长了，我知道了她的名字叫刘云，而她早已从学生证上记住了我的名字。有时，我每读到好文章就推荐给她，而她每发现一本适合我看的新杂志总是给我留着。

学校生活很快就结束了，刘云这个名字连同那个瘦高的姑娘从我的记忆中淡然远逝了。

我想我的面部此刻一定红了起来。10年，自己把她早已忘到九霄云外，而她却一直珍藏着我的名字。

我慌忙说："唉，真对不起，这些年，我的记性极差。"

"不对，是我经常读你的文章，我们还常常谈起您这个作家呢！"

我越发感到尴尬与不安。

我记不起是怎么与她告别，怎么走出阅览室，又怎么走出那座有许多美丽记忆的城市的。

在茫茫人世间，在你所不知的地方，有人牢牢记着你的名字，牵挂着你，惦记着你，怀念着你，记着你的音容笑貌。尽管你与她天各一方,但她一如既往地在自己的内心深处为你留有一方天地,经常与你对话,聆听你轻轻的诉说,还有什么比这份牵挂更珍贵的!

世事如烟,一切都可以随着时光的流逝而忘却,但那记着你名字的纯真的人,却必须铭刻在心灵深处。

启蒙老师

这个日子我们已经约了许久。

一个是山东大学的研究生,一个是中校军官,一个是小有名气的青年作家。我们同生在一个村子,那是鲁西南农村最偏僻的一个村子。三人同龄,同一年上小学,同一个启蒙老师,同一年考大学,又都在省城工作,所以相聚变成了自然而然的事。几乎每一次聚会,我们都不约而同地谈起启蒙老师,想起他当年的慈祥和严厉,对我们的关爱和批评。谈着谈着有时候气氛就往往沉重起来,老师现在怎么样了?终于,我们约定了一个日子去探望。

那是一个晴朗的日子。

我们三人同时出现在那所我们生活了五年而如今房舍依然的小学。

接待我们的是一位30多岁的年轻校长。他是一个外地人,毕业于一所师范学校。他说,他从看到我们就知道了我们是谁,因为我们几个是这个村子的荣耀,是这个小学的光辉。我们听了顿觉惭愧。我们说明来意,校长看起来很窘迫,他竟然不知道我们要找的这个老师。

我们很失落地走出校门，相视无语。

但我们记得那座小院子，那是村北最普通的农家小院。冬天炉子里有烧不尽的炉火，夏天院墙上爬满了常青藤，那所小院是我们的天堂。院中间那棵老槐树下的石板上坐着老师，外面一圈是我们，老师讲完一个故事，我们还不动，老师再讲下一个……

那棵老槐树还在吗？还有那块石板吗？我们不知不觉就朝那个依然熟悉的院子走过去。

门开了，那棵老槐树依然茂盛，只是显得更加衰老，小石板显得更加光滑了。开门的，是一位近50岁的中年人。

瞬间的疑惑后，我们同时脱口而出："老师！"老师看着我们三个不速之客，少顷亦脱口而出我们每个人的名字。近20年了，当年老师风华正茂，我们是八九岁的顽童。四双手紧紧地握在一起。

我们走进了那所留下了我们童年记忆的房子里。家具换了，房顶也换过。但首先映入眼帘的，是正面墙上挂着的一方镜框里，我们三人不久前在千佛山下的合影。可是，我们并未给老师寄过照片。老师说："这是我从你们家里要的，一看到你们的照片，心里就宽慰，我总觉得教有所成啊！"

我们问老师为什么现在不教学了，老师说："因为没学历，已在新任校长到任前就被辞退了。"

我们相对无言，三个自认是个"人物"的大男人，无论怎样搜肠刮肚，都没想出一句能够安慰老师的话。最后，我们再次约定明年的今天，还来这里做客。我们是想表明，老师，在我们的心里，您永远不会失去老师的位置。

生命的甘泉

在人世间生活了这么多年，记不清有多少次接受过别人的帮助。那些帮助过我的人，在我心灵的深处高高地耸立着，像生命的灯塔，照亮着人生的家园。而有些帮助，甚至彻底改变了我的人生观念，成为生命进程的汩汩甘泉……

记得那是一个夏天，一个骄阳似火的日子，我临时接受了去鲁西南某县采访的任务。那个县出了个爆炸性新闻，这条新闻线索是当地一个通讯员十万火急地用电话传给报社总编的。总编当即命我立刻起程，力争首家发出这条必定引起轰动的新闻。我没有来得及准备行囊，拿起平时用的一个公文包就去长途汽车站，立马买票上车，匆匆踏上了征程。

公共汽车驶出了乱哄哄的济南市区，驶上水泥公路，热浪般的空气顿时从窗外扑来。我顿然察觉，这样炽热的天，这样的温度，却忘记了带水。平时都是带上一只茶杯，装凉开水，再带些矿泉水的。而这次走得匆忙，都忘记了。这样的车我常坐，一般中途不停，即使停几次也不允许下车，就又匆匆出发了。我的心里似乎也开始感到有点干渴了。

车继续在旷野中的水泥路上行驶,车速不快,车内的每一位顾客都早已热得大汗淋漓。

这时我发现隔过道坐着的是一位少妇和一个八九岁的小女孩。孩子热得出了一头汗,脸色被汗水浸得粉红。那妇人与孩子各自拿着一瓶矿泉水喝着。我越发感到口渴,心中干得一阵阵紧缩,嘴唇开始裂了。

车驶进了光秃秃的山区,水泥路更加宽阔,阳光也越发娇艳灿烂,空气似乎就要炸开了。我感到心中已没有半点水分的滋润,就像有一堆干柴或一堆黄沙。而对面的母女俩各自拿着那清冽甜美的矿泉水,对着嘴美美地饮着。

我咂咂嘴,强忍着烈火般的干渴,抬头遥望远处。

突然那个小女孩跑到我面前来,她问我:"叔叔你为什么不喝矿泉水?你不渴吗?"小女孩极认真,极严肃,不解地问我。

看着那位也向我这边看着的少妇,面对女孩的问话,我停顿片刻答:"叔叔不渴。"答这话的时候,我觉得我的嗓子几乎裂开了,脑子里也混乱得没有一丝清醒。

"不,叔叔,你说谎,我看见你咂嘴了,不渴咂嘴干吗?"小女孩睁着一对美丽的大眼睛,穷追不舍地问我。

我无话可说了。

"妈妈说,撒谎不是好孩子,叔叔你撒谎。"

女孩没等我说话就先说了。我却尴尬地苦笑。少妇微嗔起女儿来:"不许胡说。"

"就是嘛，叔叔渴了，没有水，假说不渴。"小女孩聪明地一语道破。

女孩跑到原来的位置上，从自己的旅行包里拿出一瓶矿泉水走过来，迅速地递到我的面前，说："叔叔，快喝，会渴死的。"小女孩没有半点虚情假意，一双聪慧的眼睛看着我。这一连串的动作，小女孩用了不过几秒钟。

我真想拿过矿泉水就痛快地喝下去。可是，在这样的旅途上，前面还有很远的路。况且，她们恐怕也没有了。我转头去看那少妇。那少妇的面颊微红，双目里洋溢着对女儿的肯定与欣赏。

良久，我接过了那瓶矿泉水，一口气喝尽，握住小女孩的手说："谢谢你，小天使。"

"这才是好孩子！"小女孩对我说。

一瓶矿泉水像清澈的溪水汩汩流进我干渴的心田。我的干燥的血管瞬间变得滋润，眼睛也明亮起来，窗外是满野的绿。

整个旅程，我都沉浸在品咂那瓶甘泉般的矿泉水的兴奋之中。来自那个童稚之心的爱强烈地感染着我，而那份清纯之爱，不仅仅浇铸了我的那一次旅程，而且灌溉了我的全部生命，成为我生命之旅的不竭甘泉。

善良之美

　　世界上没有另一种美丽可与善良之美相提并论。一个人只要拥有善良的心地,以善良的目光抚摸我们这个世界,他就给自己戴上了永远美丽的光环。

　　我家楼上住着这样两个特殊的人:一个是腿有残疾的男青年,一个是患有癫痫病的中年妇女。两人都因为身体有病而无法去工厂正常工作。男青年就从收废品的人那里买了一些废旧铁皮,做起了打烟筒、垃圾斗的活计,卖给我们附近几个楼上的居民。虽然东西卖得很便宜,但微薄的收入总算使生活得以维持。

　　有癫痫病的中年女人不能去做生意,她就常常拿一个小板凳坐在男青年的小摊子边,帮助他干些小零活。有时,帮他到较远一些的地方拿铁皮或送打好的烟筒,帮他到楼上拿工具。男青年说,咱打的活很有限,不用到集市上去,供咱这几个楼上用就够了。因而他就把摊子设在我家楼下的拐角旁。

　　我每天下午都在家里写作,那叮叮当当敲击铁皮的声音像音乐一样成为我写作的伴奏。每当没有那叮当声传来的时候,我反而感

觉到不正常。怎么不响了？是不是没有活儿了？我这样想着的时候，就常常走到楼下去。

有一天我见他们俩正与一个有残疾的中年妇女争执着。仔细一听，才知是因为这妇女让男青年打了一个烟筒，男青年坚决不收钱。他说，咱都是同命运的人，你挣钱也不容易，我只不过是搭了些力气。那妇女坚持放下两元钱，说，你更不易，不收以后我就不找你干活了……钱一直没收。

我站在他们的一边，目睹着这场争执。男青年十分认真、严肃地对我说，这样的钱咱不能收，都是不幸的人。我看到，说这话的时候，他的眼里充盈着泪水。

这两个人的小摊，使我们这一片生活区没有了往日的清淡与寂寞，小摊的周围常常聚集一些附近楼上住的老人与孩子。不论谁家来了朋友，问起单元号，他们俨然向导一般，把你领到楼梯口，或者告诉你上班去了，家里没有人。

每次下楼经过这个小摊，或每天下午坐在家中的书房里听着那叮叮当当的声音，我总有很多的感触。这一对残疾人，他们按照自己的方式生活着。他们选择了自食其力，选择了纯真善良。他们不仅没有因自身的残疾而自馁，反而因其善良的心地与行为赢得了人们的尊重。在我看来，这个小摊连同两个残疾人，是我们这个城市中美丽的风景。

找回自己

迷迷糊糊地到了 30 岁，在一个明丽的清晨，我突然发现自己的过去仿佛是一场梦。那些曾令我惊喜的岁月其实是人生的浪费。望着郊外的青青远山，我觉得我所有的痛苦、迷惘都是因为陷在了一个本不适合自己的环境里。蓦然间，心头掠过那句"众里寻他千百度，蓦然回首，那人却在灯火阑珊处"，那些积淤多年的沉郁之气立时烟消云散，眼前的世界似乎顿然清晰澄明起来。

1984 年，我从一所大学的中文系毕业，怀着一腔报国之志，毅然辞掉系里安排到省城文艺单位工作的分配，到鲁西南偏远的故乡工作。在县政府秘书的位子上，工作之余舞文弄墨爬格子，自然是绝不能放弃的追求。以先哲圣贤们的古训为座右铭，歌颂生活的美好，鞭挞社会的弊端，常有一些长短不齐的文字见诸报刊。我因而感到充实，也感到尽了自己的职责。但与此同时，我觉得与领导和同事之间产生了一种说不透的隔膜。有人告诉我，要全力做好分内的工作。言外之意是我没有尽力。可我省察自己并未有哪方面的失误。提拔干部，我被搁置下来，据说是指我写的那些文字。一个满

眼问题的人很难说有多么高的政治觉悟。我知道，假如我也同别人一样写那些自以为可以经世济民的文字，我也定会升迁的。可我的心灵里却有另外一种更强大的力量时时督促着我拿起笔来，一个高大的身影时时站在我的身后，让我不流于世俗。"知我者谓我心忧，不知者谓我何求？"

一个在文学的王国里走过一段路的人，文学便胜于他的生命。我恰恰如是，我把文学事业看得比一切都重要，把所思所悟倾泻成笔墨，那种满足胜饮琼浆玉液！

我静下心来认真思考自己。我把自己生活的环境和理想联系起来。单位不欢迎你，不重用你，说明自己不适合这个环境。已经30岁了，再在这样一种气氛中撞挤，去挤一个不适合你的空间，到头来除了失败和悔恨不会有其他结局。人本应因为有追求而充满快乐，假如追求成了沉重的负担，就应该重新设计一下人生。

世界很大，让我们生存的空间很多，未开垦的处女地遍地皆是。中国有句古话：树挪死，人挪活。其道理非常浅显，只是我们往往在意那小小的得失，而不敢迈出第一步。

我终于下定了决心，义无反顾地走出去，来到一个新天地。在新的环境里，站在远方，回头遥望那段岁月，我发现其实自己并未有多么惊天动地之举，这一步不过是人生的一个小转弯，可是自己竟耽误了那么多金色的日子！

成功，永远属于勇敢的主动者。我找回了我自己。

失书之痛

作为一个读书人,面对好书而囊中羞涩,是件痛心的事。而最痛心的,大概要算心爱之书的丢失了。一本好书的丢失能使自己心痛多年。而我,整整丢失了1000余册心爱之书!那些书曾经伴我度过了十多年光阴。

那是1200多本书,里面最早的一部分是我小学与中学时代买的。当时家里的生活已渐宽裕,每个月能够资助我一些钱,所以大学几年,我买了不下700多册书,到毕业时,我已经拥有满满两大木箱书了。

临近毕业的时候,因为不知道分配到哪里,我特意托别人把书托运到了老家,而且在箱子上安了两把大锁,并特别叮嘱家人不能动它们。

后来,我分到了故乡的县城工作,就又把那些书带到了身边。那些书,有些我读了一遍,有些是读了多遍,而有些是作为工具书用的。而且我读书的习惯是边读边在书旁做笔记,所以每一本书都留下了我许多的笔迹、许多的体会与见解。

工作后出差的机会很多，每到一地我的第一件事便是到新华书店买书，几年间又陆续添了几百册。那些书都是我生命的重要组成部分，是我精神生活的平静港湾。

可是，没有想到，它们在一夜之间全部丢失了！1992年的夏天，我到南方去，没想到待两个月后返回时，房间里一片狼藉。虽然生活用品没有丢失，但上着锁的两个箱子却不见了，我想盗贼或许以为那两把大锁锁着的，一定是贵重的金银财宝！

从那以后，只要到故乡的县城去，我必定要去那里的几个旧书摊，希望能够找到哪怕一两本，但是每次都空手而归。我叮嘱在那里工作的朋友经常代我寻找，也毫无踪影。

时间在一天天地逝去，我依然没有能够找到一本我丢失的心爱之书。它们或许进了哪家造纸厂的废纸堆，或许被那些可恶的人扔进了臭水沟里，或许还静静地躺在哪个不为人知的暗室里。

但愿盗贼稍有良知，不要毁掉它们，即便不还给它们的主人，也可以留给自己，使自己挣脱野蛮与无知。

崇高的羞辱

读高中的时候，我与弟弟在一个班级，我学文，弟弟学理。弟弟小我两岁，天资聪颖，悟性极高，但却极其好玩。相比而言，尽管我资质一般，却刻苦好学，在班里的成绩一直是最好的。在刚进校的第一个学期，弟弟在他的班里成绩还可以，但越往后越差，到了高二时，他的成绩已降到最后几名了。

当时担任我们班语文课的老师，同时教弟弟班的语文并任班主任。这个老师极其严厉，不苟言笑，由于当时在班里我的语文成绩很好，就格外为老师所关注，师生关系较之一般同学似也融洽得多。

作为弟弟的班主任，弟弟成绩的下降，成为老师的心病。他多次找到我，分析对策，让我说服弟弟，让父母多教育。但由于我与弟弟不在一个班，平时又极少回家，这些办法几乎没有什么效果。

临近升高三了，同学们都在做最后的努力，还有一年考大学，可供利用的时间不多了。可是此刻的弟弟依然故我地学玩参半，成绩不见起色。我无数次劝说弟弟，他总是白白眼睛说，你搞好自己的学习就行了。我也别无良策。

一天，老师叫我到办公室去。我去了，见弟弟已在那里。弟弟的眼睛红红的，像刚哭过的样子。

见我进来，老师对弟弟说："你看看，你比哥哥少了什么，吃的穿的都一样，同时进校，你哥明年考大学走了，你却扛着被卷回老家去了。你有脸回村、有脸见父母吗？我看你是天生的不可救药了，是不可雕的朽木，一辈子也不会有什么出息。你走吧，我要与你哥商量他明年报哪所大学的事。"

老师怒气冲冲地一气说完，而后赶了弟弟出去，并猛地关上了门。

我感觉到老师说得太重了，弟弟的自尊心会受到伤害，怕出现意外，就忙着要去追弟弟。

老师制止了我。他说：如果你弟弟意识到了羞辱，他就有救了。

自从那天起，弟弟像变了一个人。他不再贪玩了，全身心投入到学习上。但从那以后他也不理这个语文老师了。为此我批评他的不对，他却对我说，士可杀不可辱。

弟弟的发奋，使他的学习成绩直线上升，当年我们双双考进了大学。

在大学的那几年，我一直与语文老师通信，但弟弟却不写。他说，他从内心里反感老师对学生进行人格的羞辱。

随着年龄的增长、人生阅历的增加，弟弟开始改变了。后来，弟弟给我写信，约我与他一起返回母校去看望老师。他说，他打听到老师要退休了。

在一个落叶缤纷的秋天,我们双双回到了老师身边。10年不见,老师的双鬓已染上了白发,背也驼了,走路也有些蹒跚。

见到我们,老师激动得热泪盈眶,而弟弟却禁不住地哭了。我知道,弟弟明白了老师当年猛药去沉疴的道理,懂得了老师的良苦用心。

人格的羞辱,是一个人最脆弱的部分,也是对一个人最刻骨铭心的伤害。但假如这种伤害,能够促发人的自省,则会产生不可遏止的巨大能量,使一个人走出原来的自我,重塑人生。

心灵的远方

　　心灵的远方是美丽而永远的诱惑，它朦胧地闪烁在遥远的天际。有时你似乎接近了它艳丽的光芒，它却又飘然而去，在更远的天际扑朔迷离。它像一个灯塔，有了它的朗照，人生才不会黯然，不会徘徊踟蹰，才会走向辉煌。

　　早年的时候，心灵的远方是繁华的城市，那是母亲给我们讲的无数个动人的故事。母亲说，城里的孩子不用拾柴、不吃黑窝头、住在很高的楼房、出门坐汽车。城市就成为我幼年心灵中美丽的远方。我对母亲说，长大了我也去城里。母亲很高兴地点头说，只要好好上学，就能去那里。

　　故乡是偏远的乡村，村前有一条弯弯的小路，我从未到达过小路的尽头。但我相信城市一定就在小路的天际，在那蔚蓝色的朦胧中。我常常牵着母亲的手站在家门口，向小路的尽头眺望，想象着城市多彩的样子。

　　时间的车轮缓缓前行，心灵的远方渐渐变得清晰，那是老师和书籍的提醒。城市不仅是母亲所知道的那样子，它还有更多的内容，我的生命就全部地交给了这个巨大的诱惑，尽管明知道它是那样遥远地存在于不可知的远方，依然奋力不辍。我相信只要一刻不停地进取，终有一天会到达它的身边，沐浴它的光芒，享受它的温馨。有10年的光景，我的身心一直被那个心灵的远方诱引着。其间也跌倒过，也痛苦过，有时也须重复走一段旧路，但终究还是被它巨大的引力拽着，重新折向追寻它的大道。

历经10年辛苦，我终于在那个炎热的夏天到达了城市。我顺着家门前那条蜿蜒的小路离开了乡村，走进了远方的圣地。

陶醉感并没有持续多久，那个心灵的远方重新在遥远的前方闪现，向我昭示着强有力的诱惑。我审视着它已有别于先前的光芒，它像我出生的乡村，像年迈老母闪闪的泪光，像童话中美丽的王宫。我惊讶地发现通向它的原来就是我走向城市的小路，依然窄窄的蜿蜒着躺在辽阔苍茫的原野。而这个远方却有着更多的人生底蕴和内涵，我虽然生长在那里，但却发现我远没有体味到它所真正蕴藏着的力量。处在繁华的都市，我却又成了乡村的"俘虏"。

心灵的远方是生命的灯塔，它引导着生命走向圣洁的殿堂。它永远存在于生命的未来，以强劲的力量昭示着生命绽放夺目的光彩。

酷爱读书的打工仔

济南英雄山下经过一阵子的清理,沉寂了几个月,最近又繁荣起来了。卖鸟的,卖花的,卖书的,卖画的,还有卖小百货的,都悄然在山坡边铺摊搭架,熙熙攘攘……

我们报社就在英雄山附近,我处理完分内事去那里闲逛,不过几百步路。或许能在那几十个旧书摊上觅得一本十分珍贵的书,或在画市上买到一幅奇绝的旧画,是常有的事。

大约是十几天前的一个下午,我又去了那里。顺着山坡往东走,是书摊和画市。我边走边看,不觉到了尽头。再往东,是一片临时搭起的工棚。济南这样的工棚很多,几乎在所有建设场地都能看到。不知道是一种什么动机指引着,我意欲继续往前走,到那片工棚里看个究竟。工棚有十几个,都是用砖简单地垒起来,上面盖了那种遮雨的石棉瓦。我从西至东一个一个地看,有的是用来放粮米和建筑材料的,有的是做饭的锅灶,有的是住人的宿舍。宿舍里并没有床,只是在地上凌乱地铺了些干草,干草上是几张破旧的席子。看到这些,我的心中就有些苦涩的东西在流淌。房子都没有门,只是一个个长方形的洞,看了几个也都没有人。走到尽头处的一个房子里,终于看到一个工人,他蹲在席子上,手里拿着一本书在看。好奇心驱使着我走进去。我有了极大的兴趣,他怎么没有去工地?是负责看东西,还是休息?我站在他的对面。他毫无敌意地坐直了身子,很客气地与我打招呼,并把书放在了身后的一堆被褥上。我看到了那本书的封面,是余秋雨教授的《文化苦旅》。在《道士塔》一文中折叠了一页,显然他正读到这里。我十分惊诧。在这样的一个工棚里,有人在读《文化苦旅》,而不是流行小说。坐在我对面的那个蓬着头发、脸色黝黑的青年,顿然让我眼前一亮。我用很沉静的目光看着他,那是一双茫然中透着睿智的眸子。他说,这本书他已经读第三遍了。我问他书的来历,他说是上一个月发工资后,给家里寄去钱,从自己剩下的生活费中节约了买的。他说现在书贵,一个月他只能买一本。他又从角落里的一个纸箱子里拿出两本书让我看,一本是钱钟书的《围城》,一本是周作人的《谈天》。

一种沉重的情绪袭上心头。挤出生活费来,而且是那点可怜的生活费,买这样庄严的书读,生活对你太吝啬。他是济宁人,几年前高考落榜,娶了媳妇,却又不甘于乡间的闭塞,于是随村里人来了济南。他全然没有我那种怆然的情绪,他很得意于他的工作和收入。他把一个月的收入大部分都寄给家里,晚上有电可以读书,可以在街上买各种过期的报纸、杂志看。他又从那个箱子里拿出几张叠得很好的报纸给我看,那是几张地市报副刊上发表的他的散文。他很自信地告诉我,他在这里干几年,挣些钱买些书,然后回家写乡间的故事。

我将他带到报社我的办公室,给了他一册我们报纸的合订本。他喜形于色,当下就痴痴地读起来。

后来,他经常到我的办公室里来,他成了我的朋友。

我想,假如上海的余秋雨教授知道有这样一个青年打工仔用生活费节约的钱买他的《文化苦旅》,在那间工棚里读,他一定会品味出一种文化现象,嗅出一种新的社会心理,写出一篇再次轰动社会的作品来。

人世间,总有各种各样的人同时存在。尽管有人跳槽、有人下海、有人轻视文学,但文学依然美丽绚烂,依然有人拿生命爱文学。

我的这位打工仔朋友在我的心目中占有重要的位置。他的工作在有些人看来是卑微的,但他的心灵,却因为读书而得到了升华。

这个酷爱读书的打工仔给我的启悟,将使我终生受用不尽。

书的悲哀

周末去朋友家串门。朋友新装修了房子，特辟了一个房间当书房，铺了深红色的地毯，一张枣红色的写字台，几乎就是一面墙大的四组合书橱。书橱是清一色槐木做的，全部用茶色玻璃镶着。朋友很潇洒地给我介绍他的藏书：全套的《辞海》《辞源》《二十四史》《历史演义丛书》，还有新近流行的名著藏本系列丛书，足足有2000多册。书全是精装本，我估计总值要在10万元左右。真没有想到当经理的朋友居然对书有了这等爱心。朋友的这个书房是名副其实的书房了，书都分门别类整齐地放着。窗明几净，而写字台上却只有一本台历占着整个写字台的桌面。

从朋友家里回到自己的居室，看着自己的小书橱，藏书不多，书的样式、年代又大不同，加之放置得零乱，便有很多的感触。这个书橱我没有镶玻璃，因为每天开来开去，总担心玻璃碎了，担心划了手。书放得也极不规则。有些书每天都用，就放在最易拿到的地方。有些书不常用，就放到一边，这样书就很难像朋友的书那样整齐划一了。我没有专门的书房，一张桌子放在客厅里，与妻子两

人合用,那一边堆满了她的书,这一边摆满了我的,乍看上去很乱,但我们心中却很有条理。哪一本放在何处,翻到了哪一页,是不会错的。我们的书不多,也就几百本,而且有好多是从旧书摊上买来的,譬如新近买的一本李泽厚的《美的历程》。书架上是书,桌子上是书,床头上是书,沙发上是书,沙发靠背上也是书。

我想,书被我买来跟我受苦了,没有华丽的装饰,没有温馨的环境,常常为我奔波于桌子、书架、床头,甚至单位之间。有些书,还不到一年,就面目全非了,没有了封面,里面圈圈点点到处都是。但是,我的书,我相信它不会有怨言的,因为这样才是真正地实现了它自己的价值。而诸如朋友的那些书,这在当今的都市似乎是一种时尚,在生活水平提高了以后,以文化的名义装潢提高家庭的层次,充其量不过是从印刷厂走到了储藏室而已。怀才不遇,与木头书架并无二样。我想,这不仅不是书的荣耀,恰恰是书的悲哀。

书是用来读的,而不是用来装潢的。为了装潢,即便家藏 10 万册,亦无对文化的尺寸之功。

健康的存折

不久前,我回故乡去看望中学的同学,他在省立医院做了肾移植手术之后,我一直没有回去看望,不知道他回故乡之后的身体情况怎么样,内心充满了万般的牵挂和担心。

那还是去年的春天。一天清晨,我接到同学的妻子打来的电话,她告诉我,我这位同学已经住进了省立医院的肾病科。我非常吃惊,同学中身体最棒的他怎么说病就病了?

大学毕业后,他执意回故乡工作,从最基层的技术员做起,一直做到镇长。我每次回家,他都会召集我们的众多同学欢聚一堂。他那个镇,有6万人口,时刻都有人找他处理工作。很多时候,我去他那里,都见不到人,接到我的电话后,他立刻从乡下赶回来。他想听听我讲外面的事情,刚刚开个话头又被来人打断,我们不得不几次换谈话的地方。看到他这样忙,我常常提醒他要注意身体,少喝酒。但是,每次的提醒都被他爽朗的大笑回绝。他说,你要是在乡镇工作就能够体会了,闲下来?不喝酒?不可能!除非你不干了。没想到,他的身体果然出事了。

我立刻赶到了省立医院肾病科。看到我，同学的眼泪夺眶而出。他脸色煞白，十分消瘦，形容枯槁，已经全然没有了先前健壮的影子。他是在北京协和医院住了一个月的院以后转到济南的，他已经难以支付在北京住院的费用。他是糖尿病引起的并发症，眼睛几乎失明，肾功能已经衰竭，住进医院以后就开始了透析。

我说，糖尿病不会是一朝一夕发展起来的，怎么拖到了这个程度！听了我的话，他只是摇头哀叹。他妻子说，几年前就已经查出糖尿病了，但是，他总是以自己身体好为由扛着，不告诉领导和同事，直到实在扛不住了才治疗，但是已经晚了。

我知道任何的安慰都为时已晚。我悲痛的是，自己多年以来的担忧竟然成为事实。看着身体已经全部垮掉的同学和他眼泪汪汪的妻子，我的心中只有万分的痛心和同情。

到医院之后，我与主治专家进行了沟通。专家说："现在只能等待肾源配型，就看你同学的运气了。"

后来，同学还十分幸运，他在医院等待了三个月以后终于有了一个机会，配型成功，做了肾移植手术。

这一次，我见到了同学，他已经提前办了内退。他说，现在别的什么也不想，什么职位、金钱、名利，都不去挂怀了，每天就是想着怎么锻炼身体，怎么快乐地度过每一天。

我看到他精神不错，身体也恢复得很好，重要的是经过了这一个大坎之后，他终于明白了什么是人生最重要的。

他留我在家里吃饭，桌上的菜全部是他在房前屋后自己开垦了土地种植的。他说："这些菜全部是真正的绿色食品，现在不敢相信市场上的菜。"

他爱人把菜端上来以后,他说:"酒我们就不喝了吧?"

我笑了。我说:"这就对了。"

美国柯达公司创始人乔治·伊士曼曾经这样说:"人生有4个存折,健康、情感、事业和金钱,而健康是第一位的,因为如果健康丢失了,其他的存折都会过期。"

对于人生来说,还有什么是比拥有健康更重要的呢?如果拿健康当儿戏,用健康作抵押,其他的一切又有什么意义呢?

苍凉之爱

接到她的婚礼邀请，虽相隔千里，我还是高兴地确定了行程。

毕业离校的时候，她说："我现在还坚持独身主义，不然我会选择你。将来如果真的遇到一个我非嫁不可的人，希望你能参加我的婚礼。"当时我的心里酸涩难受，我很爱她，但显然不是她非嫁不可的人。她这样直言不讳，我知道是她的性格。

我曾写信分析她的性格。她告诉我，她厌倦流俗。

今天的婚礼，就是厌倦流俗的结果吗？

偌大的宴会厅里，坐着稀稀落落的人。新郎是一位60多岁的老教授，满头白发，但是很健朗。

穿了一件深红色礼服的她和满头白发的老教授向我敬酒，我有些不知所措。说什么呢？白头偕老吗？比翼双飞吗？新郎满头稀疏的白发下那苍凉的额掩不住的岁月苍凉，提示着我的眼睛。新娘子的她双腮有些红晕和醉意。她向丈夫介绍，这是我的同窗好友。我默然地举起醉了的酒杯。

她是我们系最优秀的学生。在校时写的几组长诗在《人民文学》

上发表，获得全校最高奖学金。她总是瞧不起同学们。她用得最多的一个词是"俗不可耐"。她总是独来独往。毕业后她分到了一家杂志社，不久就同社长闹翻了。后来，她又去了一所大学的文学研究所，在那里她结识了在现代文学研究上独树一帜的他。

我目视着他们双双举杯的动作，总有许多尴尬的感觉。就是这样一个满头白发的老者打败了所有才华横溢的翩翩青年？就是这样一位先生让骄傲得不可一世的公主非他不嫁？是，这才是真实的。

爱情，在人世间真的有自己的位置吗？就那么不可一世，又那么脆弱得不堪一击？

他是一位德高望重的学者，他的许多论著至今依然在影响着我。可是此刻，我总感到无话可说。

我想，她是从他渊博的学识中找到了她命运的终极点，又从他苍凉的额上找到了苍凉的人生痕迹。

那么，爱情也是苍凉的吗？

人生中不可饶恕的悲哀

人有时候犯了错误，甚至伤害了朋友，却依然浑不知觉，这大约是人生中最不可饶恕的悲哀了。

在没有见到张君之前，对于张君的每一封来信，我总是极随意地读过后转眼就忘掉了。

张君是我的大学同窗，毕业时他自愿去了那个渤海之滨的油田基地。他是抱着以一己之才想改变家乡的面貌的理想，重新沿着来路返回的。

他时常有来信，有描写黄河入海口壮丽日落的诗句，有歌唱石油工人生活的散文，也有对人生孤独的咏叹。我从来没有去过他所在的地方，对于那片在沿海滩涂上造起来的工业基地几乎一无所知，因而对于他的那些感慨并没有产生多少共鸣。十几年没见面，渐渐地减淡了对他的关注与了解，有时看过信也就不经意地忘却了。

生活或许总是有这样的规律，它最终要把谜底揭示给人看。不久前，我随一个采访团去了滩涂深处那个最边远、最艰苦的基地。下了车，我急急地打探张君，正好他在。在他那间办公室里，四目相对，我不禁悲从中来。滩涂的强风与沙碱，使张君失去了几乎所有当年的英俊与潇洒。一身蓝色工作服，满面黝黑。张君对于我的到来表现出极大的喜悦，他急忙让座，倒茶。这是一间简陋的工房，大约有10个平方米，一张木桌，一把木椅，一张床，还有一个简易的四层书架。在他那个书架的第二层里，整齐地放着我邮给他的信件及报纸。张君说，每个周末城里才有一辆车来，带来信件和生活用品，所以每次看到我邮给他的书信，已是10天以后的事了。

这个基地只有8个男人。

基地处在白茫茫的盐碱滩涂之中，方圆百里除了芦苇和遍野的磕头机外，没有人烟，没有树，只有一条窄窄的柏油路通向远方的城市。

告别张君，我的心中如饮了一杯苦酒。处在这样的地方，张君以怎样的心态给我寄去了一封封含着真情、含着艰辛、含着期盼的信，又是以怎样的心态在每一个周末盼着那辆唯一的车给他带来回音？我的信尽管是只言片语，或者只是邮寄给他的一张报纸，但对于他，也许是巨大的精神支柱，是对于他干渴心灵的抚慰。

我不能宽恕自己犯下的这个巨大的过错，因为，即使我从现在开始，把信寄得再多，给他带来的那些失望，那些冷淡，那些心灵的伤害，也无法弥补了。

秋天的故事

当洞房里只剩下我们两个的时候,你眨闪着那双从一见到你就再也忘不了的眼睛,对我说:"我们该写下那一个秋天,那么绚烂独特,那么迷人,那么神奇。"

其实每一个秋天都同样丰硕绮丽,都有与另外的秋天不同的韵致,都有独特的风景烙在记忆里。你之所以特别珍视那一个秋天,因为它早已超出了秋天的意义,是吗?

那本是一个凄清的秋天。

我从压抑躁闷的火柴盒似的高楼里走出来,抱着一本厚厚的《泰戈尔诗选》,挤出五颜六色的如我一样火气烦腻的人流,寻到郊外那一片人迹罕至的小槐树林。林子很浓很密,叶子下面是嫩弱的细细的毛茸茸的草,树干和树枝上长满了尖尖的刺人的针,有时还有叽叽喳喳的各类各样的鸟儿。

这里十分静谧,我于是超然出世般在这不见蓝天阳光的林子中间的一小块平地上读泰戈尔,静聆时光流水般匆匆逝去的声音,想很久很久以前的童年。

一切都是不染纤尘的缘。那个秋天,你就在那个烧着晚霞的傍晚,也挤出人流越过城墙走进林子来到那一片小平地。你也是难耐尘世的喧嚣,才顺着那颗骚动的心一路寻访来的。当时我感觉到我们早就相识,从你那一双眼睛,那一双说着动人故事的眸子里,我就看了出来。那一块小平地,于是就注定成了我们命运的祭坛。

灿烂的夕阳在瑟瑟的秋风中从槐树的顶端泻下一些圆圆的光斑来,微风吹过,那泛黄的叶子飒飒地响起,飘落下来,像下金钱雨。带刺的枝条在风中摇曳,划伤了你白嫩的臂膀,流出了鲜红的血,你不以为然,淡然一笑。远处楼群上空,有云的影子。

你看到我在读泰戈尔。

我看到你白皙的纤手中是泰戈尔的《飞鸟集》。

后来,那一个秋天里,那一块小空地,就自然而然地成了我们的领地,因为秋天,因为泰戈尔,因为那有刺的槐树。

我抚摸着你柔顺的长发,问你泰戈尔诗的意蕴。你湖水般幽深的眸子注视着我的眼睛,我就明白了你没有说出的话。我说,你就是这林子中的小空地,幽远、深邃、神秘、与众不同。你说,林子早就存在,槐树已长大了好多年,只是以前我们没有来过。

于是我们说到缘。

那块小平地属于我们,整整一季秋天。

我们终于情愿而又满怀伤感地走出了林子,走回城市高高的楼群,世界不再沉闷,天空清澈而亮丽。

那个富有魅力的秋天,你曾经站在小平地上那么痴醉地祈祷的

秋天,但秋天不容挽留,一如既往地告别了我们。虽然如此,但我们却没有忧伤,因为我们的灵魂之门早已深深地锁住了那一个秋天的全部风景。

我们相携踏步走出小树林,以一种崭新的视觉去观赏下一个秋天的绚烂与富丽。

第四辑

恩情无价

卖豆浆的少年

在我居住的小区门口，有一个天天早晨卖豆浆的少年，这个孩子有十一二岁的样子。他在这个地方卖了多少天了，我不得而知。我只是知道从我不久前搬到这里来住，每天早晨的六点多钟开始，这个少年就在小区门口吆喝他的鲜豆浆了。

最初发现这个卖豆浆的少年，我以为大概是孩子的父母正巧这几天有什么事，让孩子代替几天罢了，也没有引起过多的注意。但是，时间一天一天地过去，门口吆喝鲜豆浆的声音却一直是这个孩子。我家里有豆浆机，本来是用不着去买豆浆的，但一种好奇心驱使着我听到那熟悉的童声就走出了家门，我实在想了解个究竟。

那时买豆浆的人很多，只见他很用力地用那个很大的铁皮瓢一下一下地从那个大塑料桶里往外舀清水添到豆浆机里，又很熟练地在豆浆机的出口用塑料袋接豆浆。五角钱一份，他很熟练地算账、找钱、舀豆浆，有条不紊。盛清水的塑料桶有一米多高，放在一辆三轮车上，因而当卖去一半多以后，再舀，他的臂膀就不够长了。这时候，他往往就将半个身子趴在桶边上。

我的心中有很多的疑问和不解，在当今这个时候，这么小的孩子，应该是早晨起不了床，被父母吆喝起来吃早点去上学了，而他却早早地在这里卖豆浆了。他一定有一个不同寻常的家庭，有着许多同龄孩子所没有的经历与背景。我总想找个机会与他攀谈，但每次看到他都忙忙碌碌的，又不忍心打扰他。

这一天，下了小雨。但是，孩子的吆喝声依然准时传来。我从家里走出来，发现他依然像往日一样站在小区的门口磨着豆浆。买豆浆的人很少，等我走到的时候，就我一个人了。我趁着没有人，就问他："你爸爸妈妈呢，怎么天天就你一个人？"他回答说爸爸妈妈在另外两个地方卖。我又问："你卖了多长时间了？"他说一年多了，从10岁开始就卖。

看着面前这个孩子，我心里很不是滋味。10岁，他就开始为生计而早起忙碌了。他不是短短的几天代替父母，而是承担了家庭中谋生计的一份责任。或者说，他从10岁开始就有了一种职业。

我问他："你卖豆浆不影响学习吗，起这么早？"他说没事，卖完了再去，在班里还是最早到的呢！孩子生得虎头虎脑，极壮实，很精神，两只眼睛明亮而有神。他已经没有了一个十一二岁少年身上所有的那些稚嫩与娇气，而平添了一分成熟、几分老练、一些骨气。而且，我还看到了一种生的勇气与坚强。

当时小雨一直在下，他的头发和一件小背心都淋湿了。这个时候走过来一个领孩子去上学的女人。那个孩子穿了一件夹衣，女人给孩子打着一把美丽的伞。那个孩子也是十一二岁的年龄。

站在两个少年之间，我不由自主地摇了摇头。这个妈妈陪着的孩子现在是幸福的，但这个卖豆浆的孩子呢？我无言以对。

后来，我听别人讲，这个孩子的父母都在一个工厂里上班，因工厂停产而失业了，就做起卖豆浆的生意。

每天见到这个卖豆浆的少年，我的心里便有许多苦涩的东西在流淌。"豆浆，鲜豆浆……"他天天早上六点钟就在我居住小区的门口响亮地吆喊着。这个声音成为我们居民生活中的一部分，大家听了后或者起床买早点，去上班，喊孩子起床，或者去做生意。而我，也总是在听到这个清脆的声音之后，合上正在读的书或停下写作的思路，走出家门，吸纳新鲜空气，驱除一夜伏案的劳累。

我总这样想，这个少年今天卖豆浆的经历，一定是他将来人生的一笔宝贵的财富。

挺直的腰杆

这是一个周末,我按照早就答应孩子的计划,开动了车子,我们要去鲁西南的乡村旅行。正在读初中的孩子要完成一个老师布置的考察课题:造访一个偏远的村子,然后写一篇作文。我对孩子说,我们就去鲁西南吧,那里是我们的故乡,对于那里的风土人情,爸爸是有资格当导游的。

从济南往鲁西南方向,有新通车的高速公路,也有220国道。我选择了国道,心想,我正可以借这次轻松的旅行,给儿子介绍一路沿途的乡村风景。儿子在车上手舞足蹈,一个学期了,他还没有出过城市,当满野的自然景色扑入眼帘,他兴奋极了。

走到济南西南郊外的党家庄,我看到路旁有一个背着行李的中年男子在向一辆拉货的长途车招手,长途车没有停。这里是一座监狱,我猜测这个人可能是一个刑满释放的人要回家去。我的车上只有我和儿子,正好顺路,就捎他一程。我停下了车。看到车停在面前,中年男子很吃惊。我问他:"去哪里啊?"他说:"去梁山。"正好顺路,我说:"你上来吧。"他很难为情地看看我,犹豫了片刻说:

"我没有钱打出租车。"我笑了，回道："我的车不是出租车，不要你的钱，顺路捎你。"

他千恩万谢地上了车。车子在起伏不定的山间公路上飞驰，城市的轮廓渐渐远去，一个个在山坡上错落有致的村子掠过车窗。

"十年了，我没离开过那座院子一步。"他掩饰不住自己的激动，很动情地告诉我。

我说："出来了就好，回家以后好好过日子吧。"

"我还不知道家里是什么情况。"

"十年中家里没有人来看过你吗？"

"没有，只是捎来过一些东西，我猜想妻子和孩子可能都走了。"

我渐渐知道，他就是十年前轰动济南的抢劫出租车大案的主犯。当年，他和另外两个江湖朋友谎称去泰山，打了一辆新出租车，半路上打昏司机后把车抢走。破案之后他被判刑13年，因为在监狱里表现较好，他提前3年出狱。

"我给家里丢尽了脸，妻子还能等我吗？我从来也没有奢望过人家会等我。我现在回家，就想看看父母，然后出来打工。我也没有脸面在故乡混下去。"

看着他无奈又伤感的样子，我安慰道："也许，妻子还在等你。家人知道你今天回家吗？"

"一周以前，当我知道出狱的确切时间后，我就给家里写了信。"

"也许，你的一家人都在村口等你呢！"我安慰他，尽管我也无法确定他的家究竟怎么样了。

"我的父母一直身体不好，不知道他们是否还健在。他们如果健在，是不会原谅我的，我们家祖祖辈辈都是本分人家，怎么能够想到我会变成一个强盗！"

我们一路交流着，距离他的家越来越近了，我分明看得出他的渴望与不安。他的眼睛中既有热切的渴盼，又有不安的惶恐。

"变化太大了，那个时候路没有这样宽，农村的房子也没有这样漂亮。唉，我家的房子肯定还是老样子，谁来翻盖啊！"他自言自语。

我不知道怎样安慰他才好。我说："我送你到家吧，你还有很重的行李。"

他马上回绝说："不，不，怎么好意思，我跟了你一路了，已经够麻烦了。"

按照我们那一带的风俗，客人到了家门口，是一定要邀请进门喝杯茶的。我说："到了你家门口了，你不让我去喝杯茶吗？"他脸一红，很不好意思地说："那是，那是，进家喝杯茶。"

他指挥着车子行驶在高低不平的乡村土路上，距离他的家门越来越近了，我感觉到他的呼吸越来越急促。进了村子，我看到他故意低下了头。就在我们拐进一个胡同的一刹那，他立刻喊："停车！停车！"车还没有停稳，他就跳了下去。我看见一对老人、一个中年妇女和一个十几岁的孩子，还有几位乡亲，站在胡同口上。

我看到他的眼泪夺眶而出，奔跑过去，双膝跪在老人面前。

我不仅看到了他脸上坚定、幸福的神情，也看到了他有力迈动着的双脚和挺直的腰杆。

我问儿子:"你知道这是一个怎样的人生故事吗?"

儿子说:"我知道了,这个叔叔的家人并没有因为他犯罪而抛弃他。"

是啊,家人没有抛弃他,亲人们都在盼望着他回到自己的家,他可以重新开始自己的人生了。

我们到中年男子的家里喝了几杯茶,然后就返回济南了。因为我知道,儿子接受了一次深刻的人生教育,他的考察也得到了意外的收获。

苍茫人生

风夹裹着细碎的雪粒尖叫着,门窗不时发出怪异的响声。

门铃响了。一个披着满身雪花、打扮得土里土气的人站在我的面前。我愣了半天,想不出这是何人。可他却很不见外地说:"我是公冶文中,好不容易找到你这里,总算有饭吃了。"

我想起来,中学时在我们同学当中有这一位复姓同学,一进校就特别记住了这个名字。我记得他总是老师批评的对象,家里本来很穷,却不好好读书,想着法儿在女同学面前卖弄。他总是在班里说大话,说自己将来要成为中国的大文豪,常拿一本《鲁迅文集》夹在臂窝里。老师讲课,他看书,考试总是不及格。他对于我们这些学好每一门学科的人似乎总是嗤之以鼻。后来,我们都升学走了,他没有考上学,只得回村务农。从此也就断了他的消息。

我实在感到无从谈起,他的话却接二连三地说开了。"我早就听说你在这里,前年我曾来济南,你出差了,就没有等。这一次是我们工地在济南,我可有时间找你了。"他很随便地告诉我。他说他高中毕业后便回到了家乡,日出而作日落而息,没有书读,更重要的是没有一个人理解、支持他成为大作家的梦想。田里的庄稼等着他收割，农产品等着他去市场卖，有无数的农活儿要做，他忍受不了这些，与父母争执是家常便饭。在父母眼里他是不中用的不肖之子，在乡亲眼中他成了二流子。可他认为农民档次低，没人理解他。他十分苦闷，甚至想过自杀。也就在这时，父母托人给他说了个媳妇。这媳妇有点儿文化，十分崇拜他的学问，支持他搞创作。然而好景不长，随之而来的吃饭穿衣问题使妻子容忍不了他的游手好闲。夫妻打架，便成了家常便饭。"我不能怪罪父母不理解我。但妻子不理解，我不能容忍。"文中告诉我，他离婚了。"农村太土，没文化，我就闯了出来，到济南来。"他是随本县的一个建筑队来的，想在这个大城市中寻找知音。

"我打工不过是个幌子，目的是寻求理解。"文中有点儿激昂慷慨。

"你打工一个月挣多少钱？"我问他。"大概三四百元，这不重要，够我吃饭就行了。"

"那你的父母呢？谁来养？"我紧追不舍地问。

他突然间愣住了，怔怔地看着我说："你是写文章的人，也不理解我。"

公冶文中走了，消失在黑夜的风雪中。公冶文中的人生在我的面前晃动着，挥之不去。已经30多岁的男人，年轻时找不到自我，尚有时光可以让你继续寻找，到了这个年龄，如果还是这样执迷不悟，你的人生岂不如这茫茫天边的风雪之夜？

痛苦，人生美丽的契机

痛苦是生命进程中的自我感觉，是人生不甘沉沦的禅悟与觉醒。

痛苦有小痛苦与大痛苦。小痛苦是对自己的平庸无为，对人生的失意与挫折，生发的不平和憎恶。人生匆匆，因为自己的懒惰与失误而造成无可挽回的过错，会使你处于反思的痛苦之中。这种痛苦是人生中至关重要的，如果没有这种觉醒，人生就会变得麻木不仁。这种痛苦，会使一个人走出往日的沉重阴影，为自己重新开辟一片亮丽的天空。

大痛苦是大境界。一个不为民族与国家而活，只为自己那渺小的生命而蝇营狗苟的人是毫无价值的。这种人只不过形同草木，在没有任何声响的睡梦中了结了一生，所有的人都记不住他，民族与国家更是把这尘土一般的生命遗弃不顾。整个民族在流血，那流着鲜血的伤口在我们的面前昭然若揭，这给所有觉醒了的人们带来的是不可遏止的痛苦，这种痛苦引导着一个个不甘庸俗、出类拔萃的生命摆脱自我的束缚，走向崇高。

这是人生大痛苦，这种痛苦把人生推进浩荡不绝的民族精神的河流。

一个人假如没有大痛苦，便注定了无法窥见民族精神的内涵。这种人往往给人以一帆风顺、事业有成、春风得意的表象，他们从表面上组成了社会的主流，总是在歌舞升平中指点着万千江山。而恰恰正是这些人，在毁灭着民族精神。

民族精神，是那些痛苦着的人们为了民族的振兴而呕心沥血的民族气节。在光彩照人的人生河流里，流淌着的，是痛苦者的血泪。

人生一旦把严峻的使命放在自己的额头，就给自己戴上了一个美丽的花环。虽然编织这个花环的过程是痛苦的经历，但这份经历带来的，却是别人无法企及的美丽。

恩情无价

漫长的人生之旅中，我们总会遇到以一己之力克服不了的困难，总会有很多时候束手无策或濒临绝境。这个时候，我们得到了无私的帮助，或是亲友，或是同事，或是素不相识的路人。这些帮助不论大小，都是人生的恩情，都是数字所不能衡量的。因为，如果没有哪怕很小很小的帮助，我们就永远越不过那个人生之坎，还会留在昨天的河岸，也就没有后来的大功告成。

恩情是无价的，因而不论哪一种形式的偿还，都无法与当初的帮助之情相提并论。所应牢记的，应是两人因此结成的生死情义。所应做的，是去帮助那些如当年的自己一样需要帮助的人。

我有一位这样的朋友。当年我们在中学的一个班读书。我知道他自幼丧父，母亲又得了重病，他的家庭已没有财力让他读完最后的学业，而我们还有一年就参加高考。他想坚持到底参加高考，可家庭的困难又难以克服。我们是同位，我了解了他的情况后告诉他，我的家庭情况好一些，以后花钱吃饭我包了。在高中那最后的一年中，尽管我的家庭也不宽裕，但我们同甘共苦，相濡以沫，终于完成了学业，又同时都考上了大学。

自从那以后，我们的关系超出了一般同学，结成了深厚的友谊。虽然不在一个城市读书，但每周必有通信，谈学业，谈社会，谈人生，彼此之间都感到那种知己朋友般的淳厚与深情。

但是，自从参加工作后，我们的关系却不一样了。我们都结了婚，有了家庭，也都渐渐成熟起来了。他不时到我的家里，见到我就常常说起要还恩情的话，说我有恩于他，他要还这一笔情债。开始，我笑着把话题岔开了。但后来，我却惊觉起来，冷静地看着他问："你认为我当初帮助你是为了让你今天还债吗？"他不置可否，以后反而类似还恩情的话说得更多了。

我们的关系渐渐生疏起来，本来无话不谈的友谊似乎中间有了裂隙。我不知道应该怎样才能说服他。我想，假如到了偿还恩情的时候，那么两个人的关系就已经没有什么恩情了，它已是一种商业的往来交易，已是一种世俗的买卖。

恩情，是人生路上的相互扶持，它是无价的。

远逝的故事

天色渐渐暗下来，同事们开始整理写字台上散乱的文稿。几个孩子唱着跳着涌进来，找妈妈的，找爸爸的，三四个孩子，这等于更明确地提示我们，下班的时间到了。

显然是学校又开学了，孩子们满脸的笑容和后背上一个个崭新的书包提示着我。李姐的孩子7岁，已是二年级的学生了。这是一个小大人似的女孩，小小年纪，常常说出一些令我十分惊奇的大人话。譬如有一次，她进来时我们几个正在谈论着一个社会话题，她不假思索地说："你们谈得挺投机啊。"引得大家笑了好几天。今天她最先进来。看到她兴高采烈的样子，我问她："小雨，妈妈又给你买新书包啦？""我上二年级了，是大学生了嘛！"她大人似的告诉我，做了一个鬼脸。李大姐听到这里插话了："真没办法，去年的一个，今年就不用了。昨天晚上我与她爸爸还说呢，以前我们上学时，一个布包一直用到小学毕业还舍不得扔掉，现在用了一年就要换新的，铅笔盒也要换新的，要穿新衣服，真是没办法了。"

李大姐说着，拿出孩子的作业本来检查作业。小雨同其他几个孩子一起把书包放下，然后一窝蜂地到院子里玩耍去了。我整理着散乱的文稿和资料，心情陡然沉重起来。

我并非有恋旧的习惯，但我却一直珍藏着两件物品：一件是上小学时用的书包，那是姐姐用自己的一件旧上衣改做的粗布书包；一件是当时当兵的哥哥送我的军用书包，我上初中和高中时一直用它。我7岁时上小学，家里舍不得用新布做书包，姐姐就用自己的一件旧上衣改做了一个书包。那是一件有着红色与绿色条纹的上衣，当时我看着姐姐犹豫了很久。姐姐拿了几件旧上衣比较着，大概还是觉得这件好看些。不过我看得出来，姐姐是下了极大的决心才狠心剪开的。我当时也明白了姐姐是忍痛割爱，所以书包用得格外小心。有破洞的地方，就让姐姐补一补，后来到五年级毕业时，已经补得面目全非了。也正是那一年，在山西当兵的哥哥给我寄来了一个那种在电影上常见的军用书包！背在身上，把所有的书都装在里面，那份自豪，那份高兴，至今历历在目。

关于铅笔盒的故事就更多了。当时村里有一个赤脚医生，他告诉我们，在收麦的时候去麦田里找那种常见的结白豆子果的植物，找10棵便给一个那种盛针剂的小白盒子。当时在学校里，那是最好的铅笔盒了，谁要是有一个新的，大家都羡慕得不得了。我们就去麦田里找，要找干枯的那种，不要带绿叶子的。有时一个中午能找到几十棵，就可以换几个盒子，足够用两年的。一直到高中毕业，我用的都是那种小纸盒子的铅笔盒。

走出报社，眼前是川流不息的人群和车辆。高耸入云的摩天大

楼已成为这座城市的主宰。我蓦然想起乌尔法特的一句话:"无论什么人,只要他没有尝过饥渴的味道,他就永远享受不到水的甘甜与饭的香美,永远不会懂得生活到底是什么滋味。"

　　走在熙熙攘攘的人流中,迎面吹来丝丝凉风,我顿然一悟,面对现代的都市中生活着的人们,我是否杞人忧天,抑或是个不谙世事有着城市人外衣的乡下人?我摇头一笑,将自己微弱的影子融进匆匆的暮色中。

意志的力量

我认识这样一位老人,他生命中那种不屈不挠的顽强意志,一直深刻地影响着我。

老人与我同姓,在我们那个村里,按血缘还不是太远,按辈分我该叫他爷爷。当时我们在一个生产队,他当队长,因而我喊他队长爷爷。

起初,对队长爷爷的故事,我几乎一无所知。当时我还是个十几岁的学生,他50多岁,是我们村8个生产队中最优秀的队长,这是当村支部书记的父亲常常在茶余饭后在家里提起的。父亲常说,多有几个这样的生产队长,村里就搞好了。

当时农村几乎没有什么赚钱的营生,但我们生产队却有养殖场、豆腐坊、粉条坊、油坊等一些小项目,这使得我们队里的几十户人家不仅可以常年分到豆腐、粉条、油等东西,年终往往可以从养殖场分一些肉和钱。这些东西,其他生产队甚至别的村里都是没有的。这主要的原因是队长爷爷的操劳。在我的印象中,他常常一个人扛着一把铁锨在我们队的几个作坊间转,说说这个指指那个,似乎总

是有着用不完的精力。他常常到我们家里来向父亲汇报一些队里的事，有时我在一旁听，大多是一些他的想法和请求村里解决的问题。在我的记忆中，父亲十分看重他，总是称他队长叔，每次都送他到大门外。

"队长爷爷是一个有着充沛的精力，有着旺盛的活力，不怕困难的人。"记得在小学的一次作文中，我这样评价过他。

可是，不久发生了一件不幸的事。队长爷爷唯一的儿子出车祸死了。他的儿子才30多岁，在粉条坊负责外销方面的事，是在去外乡销售粉条的路上被汽车撞死的。儿子留下了两个女儿，一个8岁，一个2岁。

当时我随父亲去队长爷爷家，只见队长爷爷铁青着脸蹲在门石上。父亲和乡亲们都说了很多安慰的话。队长爷爷始终沉默着，最后站起来对我父亲说："儿子没了，咱不能耽误媳妇，我把两个孙女拉扯大。"

回到家里，父亲和母亲依然在谈论着队长爷爷的事。父亲告诉我，人一生中最不幸的事有三件，队长爷爷都赶上了。

父亲向我谈起队长爷爷的过去。队长爷爷3岁的时候，他的父亲就去世了。他父亲去东北干苦工，一去3年，同去的人捎信来，说瓦窑塌了，人被砸死在里面。他的母亲没有改嫁，辛辛苦苦把唯一的儿子抚养成人。按说，他成人了，娶了媳妇，次年生了一个儿子，生活该是好起来了。可是不料，在他40岁的时候，妻子因病死了。妻子为他留下一子一女，当时女儿只有5岁。

记得当时父母谈论着，全家都流下了泪水。母亲说，世间哪有不幸的事都摊上的啊。

虽然当时我还十分年轻，但我却从内心深处敬重起队长爷爷来。我想，人生当中被这些不幸压不垮的人，该是什么都不会畏惧的。

没有几天，队长爷爷又开始了他一如既往的工作，早起打铃喊上工，看作坊，找父亲议事，只是他的背上多了一个女孩。

今天，队长爷爷依然健在，他的两个孙女中一个考上了大学，一个正在读高中。每次回乡，我都会见到队长爷爷，他每天都坐在村口，等放学回家的小孙女。

这些年来，不论我走到哪里，在我的心中，经常会闪现一位意志坚强的老人那深沉的目光和飘扬在风中的满头白发。

父亲的教子哲学

在我的心目当中,父亲永远是严厉的,不苟言笑,目光如剑。但在记忆当中,父亲却从未打骂、斥责过我,即使是我做了错事。在我人生的每一个关口,父亲总是用他那锋利的目光逼视着我,告诉我:"别人能做到的,我的儿子也能做到。"这句话,是父亲对我所有教育的内涵。

我记得那是在七八岁的时候,学校开展勤工俭学,要求所有学生每天下午去田里割青草,一次要交 50 斤以上。谁交得多,学校就发给谁一张优秀学生奖状。学校每个星期评比一次,第一次评比我没有得奖,闷闷不乐地回到家。父亲很长时间没有说话,后来问我:"有谁得了奖?"我一一告诉了父亲。父亲说:"你觉得你不如他吗?"我立刻就说:"不,我一定比他强。"父亲说:"下一个星期超过他。"下一个星期,我到离村子较远的地方去,那里青草多,每天都割满一大筐才回来。全校评比,我得了第一名。

20 世纪 80 年代初,我高中毕业参加高考。我们学校是一所农村中学,而且往届生很多,当年我落榜了。尽管往届生多,学校升学率低，这些都是充足的理由，但我仍然觉得无言面对父亲。我走进门时，父亲坐在院里那棵枣树下，吸着烟，脸色黯淡。我对父亲说，明年我考高分，上好学校。父亲一言没发。但是，我却从父亲的目光中看到了熊熊燃烧的征服者的火焰。

一年后，当我拿着全校最高分的通知书走进家门时，父亲依然坐在那棵枣树下，吸着烟，面无表情。父亲已从广播里知道了消息。良久，父亲告诉我，考上大学的都是人才，在大学里当尖子就难了。我即刻从狂热的兴奋中冷却下来。我心中明白，父亲对儿子的要求不仅仅是考上大学。

随着时光的流逝，我读的书多了，对于历史、文化、人生的理解也有了自己独到的东西，但是，父亲的这个不断超越自己的人生信条却一直深刻地影响着我，鞭策着我，激励着我一步一步走向人生高处。父亲没有文化，一生没有离开我们那个偏远的小村子，但是在我看来，他那一生不变的教子哲学，却充满了理性的光辉。

从冬日阳光中获得壮丽的永恒

在阳光没有了白炽与热烈的时候,我坐在城市边缘的一个阳台上。冬日的阳光温热而柔情,洒满了头发与衣裳。

多少年没有这样的温暖了?没有冬天凛冽的风,没有那撕人心肺的寒冷,也没有了那些不寒而栗的伤痛。阳光和煦而温馨,像一个充满了博爱的女人。

楼前是一片稀疏的白桦林。挺拔的枝干穿过四层楼房的高度伸展到阳台的边缘。平直地望去,是一片黄叶斑斑的小树林,伟岸俊美的树干都隐藏在了树林深处。白桦林的尽头,是一带远山,山上依然是葱葱的绿意。模糊的黛绿穿过白桦林来到阳台的时候,我感觉到了冬天的辽阔与悠远。

站在最高的那座山头上,就能望到家乡,望见父母深邃的目光中含着的焦灼与希冀,还有母亲的眼眶里滚动着的泪光。

父亲的那张刀刻斧削的面孔,在那年的夏天消失在遥远的彼岸。那个时候,夏天十分燥热。我总是想父亲是去做一次愉快的旅行,像我的童年时代一样,他总是在那条曲曲弯弯的小道上先到达前方的一个路口，而后满含期待地望着我稚嫩的脚步。

想念父亲的时候，我就坐在阳台上观看这片永远平静的白桦林，又常常沿着林中的那条小路或穿过林的尖顶到达远处的山梁。

我了悟生命最终都将走向一个永恒，如白桦林的叶子。我在每年的秋冬都目睹着无尽的叶子飘飘零零、纷纷扬扬地落入泥土的怀抱中。这壮观的景象令我激动、震颤。叶子从迷蒙的混沌中走来，经过四季的风雨盘剥，终于摆脱了世俗与虚荣，不再留恋世间的繁荣与奢华，走进命定的归宿了。

叶子落尽了，白桦林更现出挺拔的洒脱之美。林中的那条小径也依稀可见。冬天的阳光拥簇着白桦林。

我感觉过苍茫原野中那冬天的阳光，所有的无奈与痛苦都曾在微弱的光芒中颤抖。我曾崇拜夏日的骄阳，春天的绿色，秋日的荣光，可是最终，我从冬天的阳光中得到壮丽的永恒。

那些平凡却让我们感动

我认识这样的母子二人，母亲 80 多岁了，眼睛因老年白内障视力极差；儿子大约有 40 岁，显然是小儿麻痹症使他的一条腿失去了正常的行走功能。

我刚刚认识这对母子的时候，总有很多的同情与不解。他们母子二人，靠什么维持生计？他们怎样完成生活中那些需要人力、需要人手的事？我总有一些想帮助他们的想法，但却因不熟悉，自己又经常外出而没有去做。

不久之后的一天，我把我母亲从乡下接来住，不料因为母亲的到来，使我对那母子二人的了解加深了。

母亲常在我与妻子上班走后，下楼去街上闲走。下楼容易，上楼就难了。可是，每次我回到家里，见母亲很安然地坐着，便有许多惊奇。说好是让母亲带着小椅子在楼下坐着等我们下班回来扶她上楼的，自己怎么上来的？母亲说，是一楼的那个残疾人扶上来的。一种由衷的敬意从我的内心涌出，自己行走尚且不便的一个人，该是以怎样的努力和心情帮助一位老人的？

这样的事常常发生，我总感觉过意不去。有一天我正好见他在楼梯口坐着，就微笑着点头，想表示一下自己的谢意。不料他忙着站起来，说："听大娘说你是报社的，我想问你志愿者协会在哪里，想去捐点款。"当时正是呼吁社会捐款救助贫困孩子读书的时候。

我顿然无语。这样的一个尚且需要帮助的残疾人，他还在想着资助别人。我告诉他协会地址在团省委楼上，并说他自己也很困难，有这个心意就行了。

后来，他还是去了。三天以后的晚报上报道了他在志愿者协会捐款的情景。我回来见他在楼梯口拿着一张晚报看。见到我，他说："真不好意思，只捐了10元钱，记者却在文章里几次写到我的名字。"

我了解到他在一家工厂做工，工厂已经几个月没有发工资了。他是从母子俩的生活费中挤出了那些钱，去捐助的。从我住的小区，要上一个大坡，下一个大坡，再上一个大坡，才能到达比较平坦的街区。他是骑自行车去的。本来公交车可以直通到团省委附近，可他没有舍得花一元钱坐车去。我的脑中，想象着他艰难地骑车上下坡的情景。

了解越来越多了，彼此增加了很多的信任。一天散步的时候遇到他，他对我说："咱这栋楼的东面是兴济河，最近河对岸的一家公司天天往河里倒建筑垃圾，到了雨季排洪就难了。这条河是济南南部的主要排洪河道，应该找人管管这件事。"

我跟随他走到河边，果然如他所说，河中已经堆满垃圾，岸边的树都已被埋死了。

面对兴济河，面对他的发问，我更多的是心灵的震颤。这样一个本来需要社会帮助的人，却在想着社会的公益事业，想着解决社会中那些不良行为，这是我们这个社会中多么宝贵的公民意识啊！

这对母子一切如常地生活着，过着比较困难的日子，却又以良善的心境从容地走着属于他们自己的人生道路。他们是这个大都市中最平凡的人，却又有着我们许多自命不凡的人所不具有的美德与心境。

没有了母亲,哪里还有家

2010 年的 5 月 8 日晚 10 点 20 分,我的母亲平静安详地离开了她的儿孙,去了天堂。

母亲是 1925 年 4 月 25 日出生的,属牛。晚年以后,老人家的身体多病,我时时都在担忧。母亲常常说,我的外婆是 76 岁时死的,我的奶奶是 78 岁时死的,她能够活到这样的高寿,已经是自己的造化。言外之意,她的时间不会很多了。尽管对于生老病死的规律,我历来是看得很开的,但面对自己的母亲时,我始终无力控制自己的伤感。

我的故乡在鲁西南的嘉祥县,像我母亲这个年龄的妇女都是小脚。对于母亲这双小脚,我自幼就充满了好奇,问过很多次。母亲说,过去只有小户人家的闺女才会长一双大脚,大户人家的闺女从五六岁就开始裹脚了。母亲的脚是从 6 岁开始裹的,把骨头硬硬地裹断,很疼,但还是得裹,不然长大了就会没有人要,嫁不出去了。用了十几年的时间,母亲的脚才大功告成。这十几年中间,母亲基本上是足不出户,天天在家里裹脚。那时,外祖父家是富户,母亲又是独女,自然是不用母亲帮助料理家务的,只是一心一意在闺房里裹脚就可以了。难怪母亲说穷人家的闺女就不行,这裹脚要十几年之功,穷人家的孩子是要劳动的,哪里有那么多时间天天在家里裹脚呢。

现在我们兄弟姐妹四个,但事实上母亲共生了七个孩子。母亲生的第一个孩子是个女孩,生下来活了三天就死了。第二个是个男孩,活了一个月。现在我的大哥是母亲的第三个孩子。母亲说,过去死孩子是很正常的事情,谁家都有死孩子的记录。有的是难产死的,有的是生下来了活了几天不知什么病就死了。那时候乡村里没有医院,有一点病就让土医生看看。孩子小,吃不进药,只能扎针,但往往收效甚微,扎不了几次就死了。母亲常说的一句话是,你们活下来的都是大命的。后来,在我的后面,母亲还生了一个男孩,但只活了一个月就因发烧而死。母亲晚年住在我这里,只要看到我的孩子发烧就紧张,但看到我们抱到医院打了针就好了,她就会说,要是过去也有这样的针多好。

一直到晚年,母亲随我住在城市里,她经常叮嘱我的话是过日子要有底。母亲说她这一辈子遭难最多的是灾荒挨饿。尽管在母亲年幼的时候姥爷家的家境十分殷实,但也常常因为灾荒而出现生活危机。后来嫁到我们家以后,因为家境一般,生活的窘迫就一直伴随着母亲。有一件事母亲常说。有一年春天,家里已经没有任何粮食,父亲又去了东北,爷爷身体有病,母亲就把家里所有能换钱的衣物打成一个大包,用独轮车推着到距我们家有50华里的梁山去卖了换吃的。母亲说,那包东西有五六十斤重。母亲就靠一双小脚在一天走了个来回。母亲把衣物卖了，然后去买了五斤高粱，又买了四十斤土豆。母亲说，她走到家的时候已经是半夜了，到了家就赶快生火煮土豆，因为家里人已经一整天没有饭吃了。我的爷爷只活了58岁，母亲说就是那一次饿得狠了，后来再补也补不过来了。实际上爷爷已经几天没有进食，家里仅有的一点吃的，爷爷都省给了当时年幼的哥哥。

最近这些年，母亲很幸福地与儿孙生活在一起。只要有机会，我总是请母亲对我讲她过去的苦难的人生经历。可是，在2010年的夏天，母亲永远地走了，去与我已去世多年的父亲团聚了，我再也没有机会聆听母亲的教诲，再也没有机会目睹母亲朴实、慈祥的面容了。

一般来说，我已经人到中年，而且母亲也是耄耋之年的高寿，由于我们兄弟姐妹发展得都不错，我们都努力尽了自己的孝心，老人家这些年也享受了幸福的晚年，我没有理由过度悲伤。但是，自从母亲走了，我的心情却始终笼罩在一种人生无奈和世事苍凉的氛围里，难以自拔。

最让我悲凉的，是自己突然间发现，随着母亲的离世，那个总是让我牵肠挂肚的故乡淡漠了，家的温暖空落了。原来母亲健在的时候，到了节假日，朋友们问去哪里，自然毫不迟疑地回答，回老家去。然后，带上妻儿，就归心似箭了。那里有我熟悉的一草一木，有我儿时的玩伴，有我白发苍苍的老母亲啊。可是，母亲走了，我的那一切也都被母亲带走了。

母亲过世35天，我回故乡祭奠母亲。再走进那个我再熟悉不

过的家门，看着满院子里忙碌的亲友，我突然被一种巨大的悲凉包围。过去，那种回家的无边温暖彻底消失了，那种见到母亲之后倦鸟归林的轻松彻底消失了，我突然间成了哥哥家的一个亲戚，一个远方来的客人了，我再也不是这个让我魂牵梦绕了几十年的家庭成员了。

我的泪水在眼眶里打转，我努力控制着自己巨大的伤感。我的叔叔婶婶和哥嫂们看出了我的伤怀，他们对我说：娘走了，这里还是你的家，还有我们这些人呢，不论到了哪里，还是要常回来啊。

我知道亲属们是在安慰我。我也知道，不论什么时候，他们都是我永远的亲人。我的父亲去世得早，父亲去世以后，因为有母亲在，家的性质并没有什么明显的变化。现在没有了母亲，哪里还有家啊？

乡村醉人的月光

有谁见到过城市的月光？我在城市里已经生活了20多年，我几乎没有见过城市中明媚的月光，我没有关于城市月光的丝毫记忆。

有很多个天气晴朗的夜晚，我带孩子到楼下的空地上仰望月光。孩子那时候就要上初中了，应该有关于月光的印象。但是，每一次都是乘兴而去，败兴而回。从狭窄的楼群间的缝隙里，哪里寻找得到月光的影子？偶尔，看到月亮的身影了，但是，在周围明亮的灯光之中，在层层废气尘埃的掩盖之下，她也暗淡无光，朦朦胧胧的，丝毫没有皎洁的清辉和白如玉盘的高贵。

我只在乡村生活过10多年，但是，关于乡村的月光，那让人神往和陶醉的美好夜晚，却一直深深镂刻在心灵深处！

白天的忙碌过去了，踏着淡淡的暮色，人们从田间、从集市、从不同方向回到女人和孩子正翘首以待的家里。整个村庄很快就从一整天的纷乱中安静下来，从村头传来的几声犬吠，整个村子都清晰可闻。这个时候，从远处的山顶，从村头的树梢上，月亮穿过薄薄的云层，悄然悬挂在了村子的上空。刚刚暗下来不久的村子，又

明亮了起来。但这时的明亮与白天的截然不同，到处都是朦朦胧胧的，像挂着一层轻柔的薄纱。一切都宁静下来，天空像拉上了一个巨大的黑色帏幔，一轮硕大的玉盘向大地挥洒着无边的清辉，地面上宛如铺上了一层厚厚的水银，空中的风也没有了白天的强劲，变得清爽柔和起来。

孩子们早就盼望着天黑了。当月亮升起来，月光洒满了村庄，孩子们草草地吃了饭，就刮风般地跑出家门，聚集到村边的场院里。场院里到处都是一个个的柴草堆，有一间间的看护场院的简易土房子。孩子们就开始玩打仗、捉迷藏的游戏。如果是没有月光的晚上，父母就不会让孩子出门，到处都是漆黑一团，担心摔着孩子。只要是有月光，孩子们就自由了。

如果是没有月光的晚上，女人们就在家里不出来了，但只要有月光，女人们没有待在家里的。附近几个家庭的女人，有端了纺车的，有拿了针线筐子的，有织席编篓的。年幼的孩子则躺在老奶奶的怀抱里，听老奶奶讲月姥姥的传说。老奶奶手指着月亮说，月亮上有一棵大槐树，月姥姥在大槐树下正纺线呢。孩子问，咋听不到纺车声呀？老奶奶说，等长大了就听到了。孩子问，啥时候才能长大啊？老奶奶说，每天多吃一个馍馍就快长大了。听着听着，孩子就香甜地睡着了。

月光使沉静的乡村变成了情趣盎然的田园诗，变成了美轮美奂的山水画，变成了悠扬舒缓的小夜曲。因为有了月光，乡村不再寂寞。乡村的每一方土地，每一棵树，每一棵草，都饱含了令人神往的诗情画意。

这一切都成了遥远的记忆。我的孩子出生在城市里，他没有我这样一笔关于月光的巨大财富。每当老师布置写月光的作文，他都十分为难。我理解孩子，他没有在乡村生活过，他没有见过那美丽的月光，他怎么能够写得出？

城市的月光，被高楼大厦阻隔了，被弥漫的尘埃废气吞没了，被到处闪烁着的灯光包围了。月光皎洁的身影，被迫躲藏在城市遥远的上空，孤寂冷清，没有人欣赏，也没有人喝彩。

暑假的时候，我带孩子回乡下老家，带他去看老家的月光。在老家住了一个周，我们每天就坐在院子里，在月光下吃晚饭。孩子写了几篇关于月光的日记，他用自己童稚的眼睛，记录了他人生中最美的风景。

虽然城市中很少见到美丽的月光，但是乡村那令人陶醉的月光却永远留在心底最深处。

品味人生

道家说人应该无知无欲,柔弱不争,像初生的婴儿那样纯真质朴,所谓"无可无不可"。

我不是道家信徒,不想鼓吹世人都做虚静无为的高人,但觉得无知无欲的生活,乃是一种超然的人生。

记得从前每天挤公共汽车上下班,在公共汽车上会发生许多事。见有老年人站在一侧,就起立让座。不是单纯地想做好事,只觉得这老人若是自己父母,别人不让座,自己会觉得这人实在可恶。有时发现邻近一座位上的青年不给老人让座,内心也不气愤,世上人总不是都以自己父母去推论别人父母的。有一天自己的钱包被人偷了,一声也没吭。我想那扒手偷钱时的情形,一定是东张西望,瞅着我的眼睛,心急促地跳。那心脏过快地跳动是有损健康的。于是便发笑,为一点小钱而有损健康是小偷的大损失,而我丢点钱还会再挣的,心里反而愉悦无比。

节假日逛景点或外出,经常见到那些蓬头垢面的老人、儿童或残疾人伸来一双手乞讨。我总会毫不犹豫地把兜里的零钱拿出来放到那手中，再给一个善意的微笑。我立即就得到了一个感激无比的回报。其实我并没有想得到什么感激，只觉得自己在做一件善事。也并非不了解他们中间有的是无赖，有的是假装乞丐挣大钱，我不去管这些，拿点钱换来一种心灵的宽舒，一种内心的坦然就足够了。也许其中有一个骗子拿到我的钱后便为欺骗成功而兴奋，其实我还是觉得自己得到的多，他不过骗了那么一点钱，算不上什么成功可言，而我却是做了一件善事，又免去了行走、做事的扰乱。

  骑自行车串朋友，拐角处飞来一车相撞，自行车前圈变形。我立马对那人说："无妨，我去修就是，你尽管走路。"我看见那人回头大惑不解的样子，心里极为好笑，他一定认为我这个人是个大傻子，怎么不去与他争辩甚至大打出手。其实，我才不傻呢。车已撞，再吵也是撞了，修修不过几元钱，让他赔钱修必定又有一番争执，我何苦为了几元钱换一番敌人似的争斗？虽损失几元钱修车，却免了一次纷争，换来了他几天甚至永远的歉意，何失之有？

  总是这样过生活，心里时时都坦然，不躁动，不争斗，不计较，心平气和，生活就舒畅起来。

希望的灯盏

我故乡宅院的东邻，住着一位年龄很大的老奶奶。她的家没有院墙，只有两间极普通的土坯房子，那两扇透了很大缝隙的大门也几乎总是虚掩着。老奶奶一个人住，从来不见亲戚来。

老奶奶究竟有多大年龄，连我母亲也说不准。我从记事起就见老奶奶是满头白发。

老奶奶总是不停地纺线，而后请别人织布，她的床头箱子里堆了几十匹。她有了空闲就做那种男人穿的布鞋，做好的鞋子都挂在墙上，有几百双了。无论春秋冬夏，她的门从来不关，偶尔出门也不落锁，总是虚掩着。她的房子里另外还有一张大床，总是铺得整整齐齐，像是要等待谁来住，可是又从未见她家里有人来过。

我把心中的疑问告诉母亲，母亲说老奶奶在等她的儿子回来。我更加不解，她有儿子，怎么从未见过呢？母亲说她也没有见过，听老奶奶说是让国民党给抓去了。母亲说，都几十年了，恐怕早就死了，可老奶奶不相信。

后来我知道，那是老奶奶唯一的儿子。老奶奶婚后两年丧夫，儿子 17 岁时，竟然被抓走了。

老奶奶坚定不移地相信自己的儿子还活着，早晚是要回到她的身边来的。她在自己的整个生命当中注满了这一希望。很多乡邻劝她不要做那些无用的劳动，但她却坚定地保持着自己的希望，把村里给她的最好的粮食都留着，把给她的救济款都存着，她说等儿子回来盖新房，自己则节衣缩食。

我 18 岁的时候，考学离开了故乡。在临别的时候，我去看老奶奶，依然精神健朗的老奶奶嘱咐我的唯一一件事，是到了外面替她寻找她的儿子。乡亲们把这句话当作笑谈，而我却格外重视。我想，正是老奶奶这只心灵的灯盏照耀着她在希望的路上走了这么多年。

这几年，我曾经利用各种机会为老奶奶寻找儿子，尽管我知道这是徒劳的，但我还是尽力去做。

老奶奶依然健在，那只心灵的灯盏依然照耀着她走向生命的远处。

我每次回故乡去，面对这位执着的老人，一种由衷的崇敬就油然而生。一个人，只要在心灵深处，时刻点燃着一只不灭的灯盏，人生的路程就充满了希望与光明。

逆境造就强者

没有人一生都是一帆风顺的,任何一个人随时都会遇到逆境。当逆境降临时,以怎样的心态对待它,决定了你的人生。

苏格拉底说:"逆境是磨炼人的最高学府。"这种逆境观,几乎是历史上所有伟人巨子成功的基石。司马迁说:"文王拘而演《周易》;仲尼厄而作《春秋》;屈原放逐,乃赋《离骚》;左丘失明,厥有《国语》;孙子膑脚,《兵法》修列;不韦迁蜀,世传《吕览》;韩非囚秦,《说难》《孤愤》;《诗》三百篇,大抵圣贤发愤之所为作也。"这一干贤才大人哪一个不是在逆境这所学府里爬滚了千百次的?

孟子所言"故天将降大任于斯人也,必先苦其心志,劳其筋骨,饿其体肤,空乏其身,行拂乱其所为,所以动心忍性,曾益其所不能",似乎便是这些成功者的完美的注脚。逆境原是为不畏逆境的人而设的,它所阻挡住的,是在它面前跌倒的不能克服困境的人。

有的人总是祈盼一生平坦,而一旦遇到逆境,便表现出脆弱的天性,或者听任逆境的摆布,任随年华与时光如水东流;或者不敢面对逆境，逃避困难，寻求暂时的平安；或者做无所谓的牺牲，任凭逆境的宰割与剥夺。这种人是逆境的牺牲品。逆境作为优胜劣汰的试金石，会把一些一蹶不振的人淘汰出去，从而使优秀者绽放出灿烂的光华。

一块拙朴的顽石，只有经过无情的雕琢才会成为奇异的工艺品，美好的东西是不会轻易地出现在你面前的。那逆境带给你的累累的创伤，恰是生命对你的考验。每一个伤口，都是一次演练，一次登高，一个顿悟。

人的生命似江水奔流，不遇上岛屿和暗礁，难以激起美丽的浪花。纪伯伦说，除了通过黑夜的道路，人们不能到达黎明。即使身处逆境，也要有必胜的信心战胜它。逆境的后面只有两个结局：一个是失败；一个是成功。一旦战胜了逆境，人生就踏上了成功的坦途；而在逆境面前退缩，便只能以失败抱憾终生。

人要学会走路，也得学会摔跤，而且只有经过摔跤，才能学会走路。卓越者的一个特点是在逆境中百折不挠。摔一次，站起来，再摔一次，再站起来。摔了若干次，爬起来若干次，他的筋骨因而强健起来。卓越者视摔跤如平常，于是每摔一次便强健一次，意志变得如钢铁般硬实。

这就是逆境，一种造就强者的人生境遇。

令人尊敬的拾荒老人

那是一个飘着蒙蒙细雨的傍晚。我拎起垃圾袋下楼去。垃圾台就在楼后不远的拐角处,有三米多高。阶梯是用简易的铁皮和角铁做的,很陡,也很窄。

我手提垃圾袋走到垃圾台边,抬头见有一位老人也站在那里。老人瘦瘦的,高高的,给人一种衰老的印象。老人的脚边放着两个塑料袋。我断定老人也是住在附近的楼上,是来倒垃圾的,因为雨天阶梯太滑,上不到垃圾台上去。于是,我说:"老大爷,我替你带上去吧?"

"不用,不用,你自己去倒吧。"他不容置疑地说,脸上没有一点表情。

我没有考虑别的,就弯下腰,边准备拿那两个袋子,边说:"不要紧的老大爷,我顺道给你捎上去,太滑,你不方便。"

"这不是垃圾,是我捡的废品。你快去倒吧,等一会儿垃圾车就来了。"他说。我顿然大悟,再仔细看那两个袋子,果然一个里面是破塑料袋破纸壳,一个里面是些饮料盒什么的。

我很不好意思地点了点头。离开垃圾台的时候,我回头看到老人慢慢地爬上垃圾台。

有一天,我见到一个推着平板车的废品收购者叫喊着来到那个垃圾台边。老人站起来对着那人点了点头,看样子两人已经不是第一次见面,不用谈价格,不用讨价还价,那人拿过秤就称,总计卖了四元五角钱。收废品的人又到别处叫喊去了,老人依然坐到那块石板上,点燃了一支烟。

我不知道这位老人从哪里来,但我却从内心深处生出几许尊敬。他一定很不幸,没有子女,没有养老金供自己安度晚年。但他却没有走上街头,靠别人施舍和社会的资助,而是靠自己的一双手和淡然的心境,延伸着自己的生命。

这个小区的很多人都知道了这个老大爷。有时候,许多倒垃圾的人顺手把能换钱的纸壳饮料盒子从袋子里拿出来放到那块石板上,老人就笑笑。有时候几个人就站在老大爷周围聊天,聊天气、新闻、小区的事,老大爷俨然已是小区的一员了。

秋柳含烟

广州的朋友来济南游览，朋友是一个著名的诗人，我自然推荐朋友去趵突泉边造访李清照，去大明湖边拜谒辛弃疾。大约是为了显示济南历史文化的厚重底蕴吧，我没有先告诉朋友大明湖边还有一个重要的文人王士禛。因为在我看来，王士禛的名气没有前两位大，但是，他给济南留下的故事却比李、辛两位曼妙，甚至，他的故事更衬托出大明湖的诗意和浪漫。

建造在趵突泉公园内的李清照纪念馆，果然没有让广州的朋友触景生情，因为关于李清照的故事大家知道得太多了，他甚至对于李清照晚年时候在南方的凄凉境遇都如数家珍。到了大明湖看辛弃疾，我们在为这个爱国诗人感佩了一番之后，朋友问我：济南还有另外更重要的文化人吗？

我微笑着看着朋友。我知道，不要说是一个著名的诗人，就是一个普通的游客，到了一个陌生的地方，也一定有这样的发问，没有人会问这个地方最高的大楼，或者问谁在这个地方做过最高的官员。比如，去湖南的凤凰古城，十之八九是奔着沈从文去的，人们不是为了去看湘西的吊脚楼，而是去感受当年沈从文先生描写的吊脚楼里面的浪漫故事和湘西风情。去浙江的绍兴，大多是奔着鲁迅先生去的。而山东的曲阜就更有代表性了，所有的人都是奔着孔子去的。全世界不同肤色的人们不远万里来到曲阜，绝对不是来观赏这里的建筑，而是来感受一代文化巨匠的气息。

这个时候，我有些得意、有些狡黠地微笑着引领朋友来到距离辛弃疾纪念馆不远的一个所在，隐藏在大明湖东南岸怪石烟柳之中的"秋柳含烟"石刻前。诗人朋友万分惊诧地问我："这是什么地方，怎么有一个这样诗意的名字？"

我不语，引领着朋友继续前行，没有几步路，烟柳丛中，一座古色古香的院子就出现在眼前了。院子的牌匾上镌刻着苍劲有力的"秋柳园"三个字。显然，朋友没有听说过秋柳园。他十分愕然，大明湖居然有这样一个所在。

我的关子终于露面，我禁不住向朋友介绍这里的主人。秋柳园是为了纪念一个伟大的诗人王士祯而建。王士祯是清初的杰出诗人，他博学好古，能鉴别书画、鼎彝之属，精金石篆刻，诗为一代宗匠，与朱彝尊并称"南朱北王"。他从政之余勤于笔耕，一生著述达500余种，作诗4000余首，被时人誉为一代诗宗、文坛领袖，是我国文学史上著名的诗人、文学家。王士祯23岁游历济南，邀请在济南的文坛名士，集会于大明湖水面亭上，即景赋秋柳诗四首，此诗传开，大江南北众多诗人唱和，当时被文坛称为"秋柳诗社"，从此闻名天下。后人将大明湖东南岸的一条小巷命名为"秋柳园"，指为王士祯咏秋柳处。

在大明湖岸边的烟柳深处,在秋柳园内的回廊房舍之内,我们想象着当年一帮文朋诗友在此喝酒饮茶、赋诗颂词的情景,也不禁诗兴大发,飘然欲仙。

朋友从广州来济南玩了几天,我带他又去了几处景点,但是朋友印象最深的是秋柳园。朋友说,真的没有想到在济南的大明湖岸边隐藏着这样一个重要的文化景观,真是这次济南之行的最大收获。因为对于辛弃疾和李清照他早已熟悉,而对王士禛和他的秋柳诗社过去则一无所知。

我也是深有同感。去一个陌生的地方,在去之前,一定先搞清那里有哪些文化人留下过足迹。那里是哪个文化人的故乡。因为,对于一个地方来说,大楼、街道、公园、博物馆等都基本是一样的。但是,文化人在那里留下的诗词歌赋,留下的曼妙故事,留下的文化气息,却源远流长,亘古而弥新。

因此,对于一个地方来说,尤其是对于一个城市来说,发现、珍藏、保护文化的遗迹不仅仅是一种胸怀,更是一种远见。

第五辑

走向剩下的麦田

天空有朵美丽的云

谁没有看见过飘荡在蓝天之上的云彩？在没有风的时候，天空是那种明媚的半晴天，一朵朵洁白的云彩从蔚蓝的天空上缓缓飘过。不论是谁，抬头看着这样的情景，都会心生喜悦。

云彩的美丽因为地域环境的不同而有很大的差异。北方的云彩与南方的不同，高山之巅的云彩与大草原上的云彩也不相同，乡野的云彩与城市里的云彩更加不同。

我登上过云南丽江的玉龙雪山。它是北半球最南的大雪山，高山雪域风景位于海拔 4000 米以上，主峰海拔 5596 米。去的时候正值孩子放暑假，是夏天，但是玉龙雪山依然不负其名。蓝天下的雪山，云蒸霞蔚，玉龙时隐时现；碧空如水，群峰晶莹耀眼；云带束腰，云中雪峰皎洁，云下岗峦碧翠；雪峰如披红纱，娇艳无比。站在雪山之上，实在分不出哪是云彩哪是冰雪，是山峰在摇还是云彩在飘。

云彩让雪山增添了不尽的神奇。雪山不仅巍峨壮丽，而且随四时的更换、阴晴的变化而风景各异。时而云雾缠裹，雪山乍隐乍现，似犹抱琵琶半遮面的美女神态；时而山顶云峰，似乎深奥莫测；时

而上下俱开，白云横腰一围，另具一番风姿；时而碧空万里，群峰如洗，闪烁着晶莹的银光。在这里，云彩成为一个艺术大师，细微的变化，就会让雪山换成另一种风景。

泰山的云彩与玉龙雪山的云彩就截然不同了。它没有雪山之巅的云彩那般的千变万化，但是，却独有雪山所没有的云海波涛。泰山的云彩被称为云海。云海多出现在泰山的夏秋两季。夏季多云雨，云海时隐时现。当云海与山风同时出现时，还会形成漫过山峰的"爬山云"和顺坡奔流直泻的"瀑布云"。

但凡登泰山的人，都会盼望着能够在山顶欣赏到泰山日出奇观。这样的机会，就要感谢泰山的云海。如果没有云海的出现，就不会有壮丽的日出。我曾经有两次机会目睹过泰山的日出。山顶之上，云海沸腾，一轮红日冉冉升起，你不能不感慨大自然的造化与神奇。

庐山的云彩更加奇异，人们称之为庐山云雾。因为，在庐山，究竟哪里是云哪里是雾是很难分辨的，云和雾缠绕在一起，人们就干脆称为云雾了。山上产的茶，当地人也命名为"庐山云雾"。庐山上的云雾，在山下看是云，很像山顶戴帽或是云雾缠腰。站在山上往下看，则是雾，由山谷冉冉升起，忽而从头上轻轻掠过，自己不觉间就处于浓雾之中了。清代作家张维屏曾经写道：庐山云雾瞬息之间，弥漫四合，其白如雪，其软如绵，其光如银，其阔如海，薄或如絮，厚或如毡，动或如烟，静或如波。可见，庐山云雾的万千美景。

南方的云彩与北方的云彩是不同的。北方的云彩就如北方的男人，厚重而深沉，大气而豪迈，一来往往就是雷霆万钧，气势磅礴。

南方的云彩颇像南方的女人，水灵而活泼，灵巧而优雅，来时也是斜风细雨，淅淅沥沥。

我曾经多次在飞机上欣赏天空的云彩。在飞机上看到的云彩与在地面上看到的云彩真是天壤之别。在地面上看到的云彩是一片一片的，一朵一朵的，是随风飘荡的。但是在飞机上看到的云彩却是一堆一堆的，大的像高耸的山峰，小的像一个个蘑菇，都是静止不动的。

在乡村的旷野里看云彩，实在是一种难得的享受。大片大片的云彩在蔚蓝的天空上飘浮，那种闲适和悠然，让你物我两忘，尘念顿消。

在大草原上看云彩就更是一种人生的境遇了。洁白的云彩高悬在碧绿的草原之上，一群群的牛羊在草原上悠闲地踱步，牧民的蒙古包像一个个可爱的蘑菇。看着看着，你自己似乎就入了美丽的画卷之中了。

云彩给了我们太多的想象和灵感。没有早晨的云彩，我们哪里会有充满希望的朝霞满天？没有傍晚的云彩，我们哪里还会有"夕阳无限好，只是近黄昏"的晚霞之美？

迟来的雪

一个冬天都没有一场雪。不论见到谁,大家都在问:"什么时候下雪啊?"可是,不论人们怎么望眼欲穿,雪迟迟没有来。

到腊月了,人们猜测:俗语说干冬湿年,过年应该下雪了吧?可是,天气预报告诉大家,春节期间是晴好的天气,雪还是没有一丝影子。

很多人已经不抱什么希望了,大家想,也许,这个冬春就没有雪了。

但是,就在这样的时候,在马年刚刚开始行程的第六天,农历的正月初六,雪静悄悄地飘然而至了。

第一场雪都是这个样子的。开始的时候,人们以万分的惊喜欢迎它,多半年没有见到它的身影了,像期待着一个老朋友一样盼望着与它重逢。但是,它却总是像捉迷藏似的,很羞赧地躲藏在云层的后面,躲藏在树梢的上面,躲藏在阴冷的屋角里。可是,当你不再抱有希望时,它又铺天盖地而来,飘飘洒洒,迅速弥漫了天地之间。

在济南生活了20多年的光景，每年的第一场雪，我是一定不会错过的。而今年城市迎来的第一场雪，又有特别的意义。一个冬天没有下，开春就是一场漫天大雪。雪悄悄地下了一整夜，早晨醒来推开窗子，窗子上、树上、地上，到处是厚厚的积雪。我即刻叫醒妻儿，赶快下楼去赏雪。可是我又想，楼下的这样一点空间，哪里有天地弥漫的雪景啊，雪的壮观，雪的景色，都是在漫无边际的旷野里。

没有任何异议，三口人决定开车去城南的旷野，去山坡，去湖边。

过了外环路，就是漫无边际的旷野了。我们全然没有了刚刚下楼时的畏缩，眼前白雪皑皑的万千景色，让我们迅速丢掉了所有的矫饰和矜持，冲出车子，在那白色闪光的雪地上来回地奔跑起来。路边、山坡上的树和冬青，都变成一个个蘑菇或雪人。我欣赏着远山那洁白的妩媚，妻儿打起了雪仗，旷野的上空不时传来他们激动的呐喊声。

然后，我们去湖边，沿着湖岸的公路前行，慢慢欣赏着这里的宁静。在这样的雪天，是一定要看看宁静的湖水的。当四周的山峦都被大雪覆盖，湖水却比往日更加澄澈。这样的时刻，它俨然是一个思考着的哲学家。

整整一个上午，我们完全陶醉在银白色的旷野里。当我们返回的时候，街道上的积雪已经打扫干净，城市里的雪景总是短暂的。

但是，对于我来说，每年的第一场雪，都是一件大事，是一个

充满魅力和惊奇的事件。你在平常的世界里进入梦乡,可是,当你醒来的时候,却处在完全不同的另一个世界里。这样的神奇,能不让人感到万分震撼吗?而且,这一切都不是在轰轰烈烈中完成的,而是在我们熟睡的时候,无声无息的,一点一点慢慢飘落下来。

　　想到这些,你能够不相信造化的神奇,不折服大自然的鬼斧神工吗?

独享水色

中巴车轻灵地在蜿蜒的山道上爬行了十几分钟，就停在了半山腰的一处别墅院中。

浩渺的一片水色无遮无拦地展现在面前。极目远眺，起伏的群山掩映在一望无际的丛林中。没有人为雕琢的痕迹，没有村落，没有风，也没有一丝水波，平展如镜的一汪水面静静地躺在群山之间，像月光下妩媚的少女。

顺着一条小路，攀扶着一棵棵小树，我渐渐地接近了水面。山影在一寸寸地缩短，雾岚轻轻地从山腰飘向水面。偌大的湖没有另外一个身影，一切都像是在静静的思考中，我体悟着这份能独享山光水色的幸运，心灵顿然如超然出世般空灵幽静。

在济南生活了几年，竟一直未发现近郊有这样一个天然的去处。水面比大明湖大十几倍，大明湖因"四面荷花三面柳，一城春色半城湖"的美名远扬天下，而它却一直深藏在这群山绿树中间默默无闻地独守着一方宁静。

岁月如烟，这片水面在这里存在了多少年，不得而知。我认为

它不一定比不上大明湖的久远。虽然与大明湖近在咫尺，只是它一直深藏在这片大山之中，不为人知。当地人称其为卧虎山水库，也是极随意叫的。北面的山叫卧虎山，就跟着叫了名字罢了。确切地说，它应该叫湖，一个美如少女的硕大的湖。只是没有文人墨客越过它与济南隔绝的那两座山，所以它便没有了风雅。

雾气浓重起来，站在水之湄，顿觉一股股凉气迎面而来。一场中雨刚过，天上浓重的乌云还没有散尽。没有太阳，也没有月亮，满眼尽是一望无尽的水蓝。"空山新雨后，天气晚来秋。"没有人声，没有尘世的嘈杂与喧嚣，只有山、树、水和雨后的清新，这便是诗的意蕴吧。我觉得自己独享这水光，未免太奢侈了。此时，该有几位文朋诗友，相约徜徉在水边，才不负了这清丽景色。但是没有，只有我自己一个孤寂的身影。同来的朋友都关在有空调的别墅里打扑克去了。

凉爽的水气吹来，一切的尘缘都翩然远去，连最真切的经历，甚至中巴刚才进山时，在狭窄的山道上行驶的担忧也忘得干干净净，只剩下那个平时隐藏在心底的精灵。它放纵地裸露在水之湄，贪婪地呼吸着潋滟的水色，独享着水光的妩媚。

水天的清净张扬着我欲望的情愫，我的心灵深处滋生出强烈的渴求，想象着纵身于水中的清爽与洒脱。可是远处顿然有音响传来，那是一支柳笛的声音。是谁如我一样在这一个阴湿的傍晚，享受这山光水色？顺着那阵阵传来的声响，我走过去，看见在一棵大树下立着一个渔家少女，水边是一艘小帆船，水上漂浮着一串水漂。那笛声就是从少女口中传来的。我明白了，这少女在用笛声引鱼。早就听说过，柳笛一响，鱼群就朝着笛声游来，于是就葬身网中了。

我的兴致荡然无存。美丽的柳笛和纯情的少女也是"阴险"的，高尚的音乐在这里成为罪恶的诱惑。

天色暗下来，透过树丛已看见别墅里亮着的灯光。雾大了，风也起来了，有了细浪，水声响起来了。柳笛声还在幽静的水面上传扬着。

我摸索在树林中，寻着上山的路径。我有一种在原始森林中的感觉，苍茫阴森。卧虎山下的这片水色是清静的，但据说要建画家村、游乐园了。

下一次来，还有这样的清静吗？

苍老的大运河

2014年6月,第38届世界遗产大会通过投票表决,中国大运河正式列入《世界遗产名录》,宣告中国大运河正式成为世界文化遗产。大运河的申遗成功,让这条流淌了千年之久的古老运河再次走进国人的视野。

大运河,这条把中华南北文明融合在一起的纽带,在我们浩瀚的历史进程里,是怎样的荣耀啊!大运河包括横贯中国中东部地区的隋唐大运河、京杭大运河和浙东运河,在春秋战国、隋朝及元朝时期都曾经历过大规模兴建。

京杭大运河北起北京,南至杭州,全长约1800公里。我们大都以为京杭大运河是那个荒淫无道的亡国之君隋炀帝的功劳。事实上,大运河的形成,不是一朝一代的事,最早可以追溯到公元前486年吴王夫差开辟邗沟,至今已有近2500多年的历史。

京杭大运河的全线贯通,是在公元1293年元朝初年会通河与通惠河的凿通。大运河最早被称为"漕河",意思是运输粮食的人工渠道。到了北宋,才有运河的称谓。到了明代,才又称京杭大运河。大运河的全线开通,将中国东西流向的海河、黄河、淮河、长江、钱塘江五大河流联系在一起,成为中国南北交通唯一的大动脉。

不论杨广如何荒淫,但从此中国的南北之间因为大运河而连成一体。南方的纤巧、阴柔与妩媚同北方的粗犷、豪放与气概相融合,北方的王者之气沿大运河南下,南方的商业意识顺大运河北上,中华民族的行为与品格在这种南北大碰撞中得到了健全与升华。

在修建大运河的历史上,名声最响的当然首推隋炀帝杨广了。他刚刚即位,即以倾国之力开凿运河,开凿通济渠,并把原来断断续续的几段运河连成一线,使中华民族第一次有了南北贯通的大动脉。但直到元朝以前,大运河还仅仅局限于地方向朝廷进贡,运送漕粮。到了元朝忽必烈一统天下之时,由于黄河多次泛滥淤积,隋炀帝时期开的通济渠已经全线淤塞,失去了运输的功能。而当时元大局初定,华北由于连年战乱,物资匮乏,要生存和发展,必须依靠富庶的江南。忽必烈和他的大臣们自然把眼光投向了大运河。当时年仅31岁的水利专家郭守敬奉命"提举诸路河渠",沿隋唐大运河的路线一路寻访,准备重开大运河。他考察了一个南北距离最短的路线,使大运河避开原来经过的已经淤塞的开封、郑州一线,而是经过山东境内的几个湖泊,既可以节约大量的人力和物力,也可以缩短开凿的时间。郭守敬的方案得到朝廷的批准,元朝初年最宏大的工程自此拉开了序幕。到1292年,由郭守敬任总指挥的元朝治运工程全线告捷,北起北京积水潭,南至杭州拱宸桥,全长1816公里的大运河全线贯通。

大运河的贯通,对于元朝初年一统江山的维护,对于久经战乱

的北方经济的振兴,其作用是难以估量的。遗憾的是,大运河在畅通了45年以后,又因为黄河的溃决,大运河的鲁南一线又被淤塞。而朝廷由于内部矛盾激化,国力疲弱,已经无力治河。大运河又告荒废。

大运河历史上另一个重要的人物是明朝的永乐皇帝朱棣。因为明朝开国皇帝朱元璋和他的儿子都是定都在应天(今江苏南京),因而大运河的功能对于他们来说并不重要。到了永乐皇帝,朱棣将国都定在了原封地北京,如何把南方的粮食和货物运到北京,又是他必须考虑的问题。而当时大运河淤塞的仅仅是山东境内的会通河,开凿并不是十分困难的事情,于是大运河历史上又一次重要的疏浚工程开始了。一年以后,会通河凿通,大运河又全线通航,重新恢复了"漕运大通,帆樯连檣而下,舟舰鱼贯而行"的景象。

大运河的开通最直接的影响是漕运文化的兴起。漕运是中国古代特有的文化现象,它不仅仅是南粮北运,解决朝廷官兵粮食供给和战略储备的重要措施,也是朝廷巩固政权、加强对地方统治的工具。地处微山湖北口的济宁一地,元代就设置漕舟3000多艘,役夫、运兵近两万人。明朝永乐年间,每一年漕运至北京的粮食达500万石以上。明朝宣德七年,北运漕粮最高达700万石。在以后近百年的时间内,仅仅山东境内运河的年船舶通过量在8000艘以上。明嘉靖十一年以后,虽黄河屡屡决口淤塞运河河道,但年运量仍然在200万石以上。

除了漕粮的运输之外,沿途商品货物的交流十分繁忙。因为漕运畅通,最直接的效益是货畅其流。明朝弘治年间,少师兼太子太师李东阳有一首《夜过仲家船闸》诗,描写管理船闸的官吏因为醉酒而耽误开闸积船十里的景象:"日维乙未月丙戌,青天无云月东出。舟人喧豗夜涛发,翻沙转石纷出没。是时水浅舟在地,闸门崔嵬昼方闭。闸官醉睡夫走藏,仓卒招呼百无计。民船弃死争赴闸,楫倒樯摧动交碎。舟人号豗乞性命,十里呼声震天地。"当时大运河航运繁忙之盛由此可见一斑。大运河上漕船、鲜船、快船、马船、供船、河巡船、盐巡船及民间商船往来穿梭,又在沿途各地港口将货物转销附近县镇。有记载说,当时的港口是"帆樯如林,货物如山"。南方的竹器、木材、布匹、茶叶以及江西的瓷器、湖北的桐油、浙江的红白糖,通过大运河过长江越黄河到达北方各地。而鲁冀豫皖上百县盛产的粮食、棉花、油料、煤炭,甚至北方的毛皮、山货等货物,也通过大运河到达了南方的城镇。

据记载,明代从运河沿线征收的税收占全国税收的九成以上,足见当时大运河两岸商业是何等的繁荣。漕粮船队沿途停歇,几十万人常年在大运河线上,又极大地刺激了沿途服务业的兴起,大运河两岸的几十个小城镇迅速崛起为在全国赫赫有名的大都会。地处大运河要冲的济宁在大运河贯通之前,不过是一个人口只有几千人的普通的小县城。自大运河贯通以后,元代在济宁设有漕运司、行都水监等官署。明代设有济宁卫,驻有官兵 5600 人。清代设有河道总督。因为大运河穿城而过,港口就在市内,为南来北往的商人役夫上岸休息交易提供了方便。因而朝廷命官纷至沓来,货物交易十分繁忙。短短百年,济宁就崛起为 33 个大都会之一的经济文化重镇。有资料记载当时济宁的繁盛:"东鲁之大郡,运河之要冲。

南船北马，百货萃聚。客商往来，南北通衢，不分昼夜。兵民杂处，商贾借居。"河水纵横，湖泊环绕，运河之上樯桅蔽日，两岸码头货积如山，一个"车马临四达之衢，商贾集五都之市"的运河商业重镇。明代诗人朱德润赞曰："日中市贸群物聚，红毡碧碗堆如山。商人嗜利暮不散，酒楼歌馆相喧阗。"经明至清，济宁商业已臻鼎盛。各地商贾云集，百业兴盛。

至今济宁人最引以为荣的是济宁为运河之都。济宁人耳熟能详的是，元明清三朝督理运河河务的最高管理机构，除了有12年在清江浦外，一直设置在济宁。连接五大水系、绵延数千里的大运河线上，科技含量最高的工程——南旺分水枢纽工程，正是修建在济宁附近。清代的资料显示，仅济宁城区，清代较大的店铺行栈就有400多家，零售和批发商达1000余户。济宁城内先后有晋、陕、豫、皖、苏、浙、闽、赣、湘等省的商人建立的7处会馆，呈现出"通衢要道，运河两岸，店铺林立"的繁盛景象。济宁"居运道之中"，是"水陆交汇，南北冲要之区"和"控引江淮咽喉之地"。元明清三朝600多年的漕运畅通，尤其是南旺分水枢纽工程完工以后，保证了济宁数百年的持续繁荣。

《明史》曾记载，由于国库空虚，朝廷决定在全国33个较大规模的城市增加税收，列出的33个城市是"宣德四年，令顺天、应天、苏州、松江、镇江、淮安、常州、扬州、济南、济宁、德州、临清……共三十三府州县，市镇店肆门摊税加五倍。"列出的这些发达的城市几乎全是大运河沿岸的城市，由此可见大运河对于那个时代经济文化的发展所起的作用是多么巨大。

明朝永乐皇帝以后的整个明朝期间，大运河虽然多次淤积，但由于及时的治理，使得大运河一直畅通无阻。到了清朝，可以说是坐享其成，大运河一直畅通。康熙、乾隆皇帝多次下江南走的都是大运河。康熙皇帝曾把"三藩、河务、漕运"列为治理天下的三件头等大事，悬挂在他的宫柱上，提醒自己要时时不忘，从中可以看出大运河的重要性。但是到了1855年，黄河的又一次决口，将大运河拦腰斩断。虽然经过治理又勉强维持了几年，但到了清光绪时期，国弱民穷，再也没有力量治理河运，大运河彻底死掉了。

大运河与长城一起并称为东方文化的奇迹，我们期待着大运河能够走出历史的苍老，重新成为民族振兴的脊梁。

自信的力量

一个人如果拥有了坚定不移的自信，便拥有了人生的一切希望。

那是一次极其偶然的经历，但它却几乎改变了我整个的人生观念。

那是一个深秋的傍晚，我在参观沂蒙山区的一座秀丽山峰之后沿着崎岖的山道下山去。太阳已经隐藏在了山的后面，淡淡的雾岚飘荡在周围。我正攀扶着乱石树枝往下走，忽见前面有一个背负着一大捆树枝的人正艰难地挪动着。我加快了脚步。这是一段很难走的山道，有时乱石横在小路中间，有时两边的树枝缠在了一起，有时就没有了路，只好摸索着往下走。在这样的山路上，我一人什么东西都不带还是要小心翼翼地走，而那人却是背着那样大的一捆东西，该是不轻松吧。我努力赶上去，想帮他一把。

待我走到他的背后，我不禁愣住了。这是一个残疾人，只有一条腿，支撑着整个右半身体的，是一根粗粗的木棍，背上的一大捆柴，有树枝，有腐烂了的树干，足有几十斤重。

我的心中顿时生出许多的苦涩与悲凉，一个残疾人，爬上山来砍柴，他的生活一定是非常艰难的，而且，他的家庭肯定也是不幸的。

我在农村长大,背这一捆柴是不成问题的。我略一沉思,走上前去说:"老乡,我帮你背吧。"说着,我就扶住了他,想帮他把柴从背上拿下来。

不料,他停下来制止了我。我们相对而视,我心中的惊诧更添了几分。这是一张充满着自信与坚毅的面孔。他看起来有30多岁,中等身材,脸色黝黑,双目中透射着坚定的光芒。

他对我说:"你为什么要帮我?你比我有力量吗?"

我愕然了。是的,我要帮助他,我比他更有力量吗?

"可是……"我说着看了看他的腿。

"我是少了一条腿,但这并不说明我就需要别人的帮助,我自信不比你差,不信我们往前走就是了。"

他说完就转身继续往下走。那充当了右腿的木棍,不时发出与石头碰撞的声音,清脆而深沉。

我什么也没有再说,紧跟在他的后面,看着他那个庞大的背影。天色已经暗了下来,我们也慢慢接近了山下的平坦小路。跟着他,我渐觉气喘吁吁了。而他,依然是那么不紧不慢地往前走着,那根木棍不时传来清脆的声响。到了平路上,他的步子更快了,木棍与路面撞击的声音也更响亮。我们两人的距离越拉越大。后来,他的影子渐渐消失在远处的暮霭里。

我们所缺少的,往往就是这个独腿的砍柴人身上那种人生的自信,那种源于自信的人生勇气。

人的力量是最具张力和弹性的,只要有了自信,一切的艰难困苦,又算得了什么呢。

选择贯穿生命始终

我们不能选择贫贱或高贵的出身,不能选择死亡的时间与方式,但生命的其余全部内容都可以由我们自己来选择。

在刻苦与懒惰之间我们可以选择前者,从而使人生处于永无止境的追求之中。

在贪利忘义之徒与谦谦君子之间我们可以选择后者做我们的朋友,从而使自己成为一个高尚的人。

爱情的选择是人生中至关重要的选择。成功的选择往往是那种不加任何客观因素,只注重感情的深厚。而看重各种客观条件,把感情放在次要地位的选择,往往是爱情失败的前提。

在我们烦恼苦闷的时候,可以选择平静淡然的心境。在得意扬扬的时候,可以选择冷静。在大功告成的时候,可以选择继续奋进,使自己百尺竿头,更进一步。在失败颓丧的时候,可以选择不屈不挠,使自己冲出低谷。

最重要的选择,是当我们刚刚步入人生之旅的时候,我们面临两个目标,一个是卓越不凡但前途充满艰险与磨难,一个是凡夫俗子而一生无难无险。有人选择了前者，从而使自己的人生在波澜壮阔的风浪之后走上了理想的彼岸。更多的人选择了后者，一生平平淡淡、安安稳稳地过日子。

选择组成了人生的全部风景，我们一生的所有事情都是由选择连缀而成。成功的人生是因为一个个成功的选择，失败的人生同样源于一个个失败的选择。

成功的选择来源于人生的自信与勇气。坚定的自信调动了自身的巨大潜力，而使生命焕发出无限的能量。

选择是一种理性的人生把握。它需要坚定的信仰与智慧。因为，只要选择，就会面临多种路途，可能意味着会失去很多。甚至有时候，我们所牢记的，应是终生追求的目标。世界上没有十全十美的事情，得到这个就意味着失去那个。只要我们选择了奋进，选择了离终生目标最近的道路，一切的失去与痛苦都是有价值的。

只有理性地把握了每一次选择，我们才能够站在人生的高处，领略大自然独特奇异的风景。

生命节拍

初春

一丝冰凉的风掠过河岸，粉红的阳光洒在离开母体自由漂浮的冰块上，顷刻间七彩的光芒映满了河道。

离开暖巢的鸟在岸边的小树上啁啾鸣叫。

冰块间缎带似的水被微风吹皱，闪烁着鱼鳞似的光斑。

水边的细沙柔软而富于弹性，反射着太阳的光辉，金色灿烂。

站在水边，垂头丧气的我蓦然焕发了精神，仿佛自己随着那动人的自然色调变得光亮鲜艳起来。那郁闷的、窒息的、压抑了好久的心变得苍翠而朝气！

动人的春光流进我的心扉，我知道，自己的灵魂也融进了这美丽的自然里。

风

站在他乡的土地上，总觉脸庞时时呼啸着劲风。

可是我知道，只有风，正因有了风，世界才春夏秋冬地更替，遍地峥嵘。

没有那和煦春风，岂有万木匆匆；

没有萧瑟秋风，岂有霜叶满山红。

风是人类的信使，远在异乡，我依然闻到故乡门前的槐花芬芳，依然看到故乡桃林的美丽风景。

我知道年迈的父母此刻一定站在门前的风中，让故乡温暖的风给儿寄去一只漂亮的风筝。

浪花

你虽只瞬间存在但旋即消逝于浩瀚的大海，你以无私的牺牲展现出阳光的色彩。

你以无畏的激越奔逐前行，方有大海的汹涌澎湃。

你的生命短暂，却辉煌壮丽。

你的形象微不足道，却铸成了壮阔的大海。

在无际的苍穹下，你生生不息地存在着，大海有了你，才有了生命和力量。

幸运

并非所有的人与幸运相逢都会有辉煌的人生。

过早受到幸运惠顾的人往往是庸者的契机。幸运使其因优越感、依赖感而丧失了人生最重要的奋斗与进取精神。

最伟大的幸运是历经磨难之后姗姗来迟的幸运。几乎所有在人生路上跌打滚爬了一大段路程的人，都会以生命为赌注珍重来之不

易的幸运，幸运的威力也就充分地勃发张扬了。

无畏

以无畏为人生准则的人并不一定就是英雄。

人应该首先有所畏惧。比如对财权的贪婪，对女色的欲望，对恶毒的攻击等，这些东西都不能以无畏的心态去对待，应该畏而远之。

人只有有所畏惧才能做到大无畏。建立在这种健全人格上的无畏，才能引导着你走向理性与成功。

妒忌

妒忌说穿了就是一种缺乏自尊的弱者心态。嫉妒是因缺乏自信没有安全感所表现出的一种敌意心理。

妒忌心理会使自己丧失朋友、良善，而走向人生的歧路。

解除妒忌心理的唯一良策是增强自信力，学会用理性思维正确把握自己的人生脉络，不退缩不让步，也不强己所难。不妒忌，不猜疑，以自己为对手，从从容容，才是健全而和谐的人生。

等待

等待并不就是消极的人生。人生有时需要待机而动，只有懂得等待、懂得进取，人生才会在张弛有度的节奏中获得成功。

等待是一种理智地对待人生机遇的态度。进取的时机尚不成熟，等待就是对时机的孕育。

但必须牢记的是，等待是为进取做准备，而不能永远等待。永远等待的结果，则是人生的堕落与失败。

有目的的等待是崇高的等待；消极被动的等待是平庸者丧失进取精神的托词。

注定

当经历了一段漫长的人生之旅，我们才失望地发现，这个世界早就把一切安排好了。我们从一出生就不可挽回地被投入到一个预设好的空间里，这是人生的注定。但这只是大自然的注定。

倘拘泥于这个注定，匍匐在它的膝下，注定就顺理成章地完成了它的使命。

但还有另一个注定在遥远的地方，等待不甘于先天注定的人去践约。这些人从第一个注定出发，百折不挠，义无反顾。这是大注定。

屋檐

屋檐是个灰色的话题。只要在他人屋檐下，就不能显山露水，来显示自己的卓越与优秀。

屋檐的里面是正堂，里面坐着的是主人，他时刻警惕着外面的人是否闯进来。

背景

我们生活在这个苍茫的世界上，每一个人都有一个独特的背景。帆的背景是浩渺的大海，书的背景是广袤的大地，云的背景是蔚蓝的天空，星辰的背景是漆黑的苍穹。

有了背景，方才显示出人生的沉重；有了背景，人生才不会飘零无靠，失去坐标。

自己

杰·马丁在《强棒出击》中说："我们踏遍世界寻找钻石，结果钻石就在我们家后院。我们一辈子都在探索找寻那个能使我们生命伟大的力量，但大部分人都没有找到，其实那个力量就在眼前。"

自己就是一切，就是所有的力量和财富，没有比自己更丰富的矿藏。关键的是，大多数人没有找到开启这些宝藏的钥匙。

独自面对

我们从懂事的那一天起，就这么步履匆匆，来不及告别昨天，就踏步走进今天；来不及抚平忧伤，就迎来新的挑战。

我们应该找一点时间面对自己，扪心自问，去探究自己的内心。也许，因为一次独自面对，你发现自己的过去都是梦幻，自己正在走的路是一条充满危险的路。

独自面对，才能校正、检视自己，使我们的人生走向理性。

功亏一篑

调工资就差那么一两个月没赶上，考大学以几分之差上不了分数线，去坐公共汽车末班车刚走，人生就差这么一点点，所以古人造了"功亏一篑"这个词吧？

功亏一篑，构成了生活的主流，假如我们都做到功德圆满，人类岂不都成了伟人巨子，哪还有凡人百姓呢？

鲜花

台湾诗人余光中赞美鲜花的诗句有"艳不可近，纯不可渎"。

美艳的鲜花对高雅的灵魂具有强大的威慑力，它使任何一双生命的手不敢轻易靠近。它升华了自己，也同时净化了一个个孤独的灵魂。在鲜花浓郁的光辉中，人的丑陋与恶行当然不存在。

那些摘下鲜花的人，片刻中扼杀了鲜花，也扼杀了自己。

命运

没有谁能把握自己的命运。无可选择地从冥冥之中走来，又百折不回地走向冥冥之中去。重要的是如何对待命运的安排。顺境中不骄不躁，逆境中不屈不挠。简单地把命运说成是人生的注定，是脆弱；说可以扼住命运的咽喉，是狂妄自大。命运是人生的记录。因而关键的不是命运本身，而是如何以手中的笔书写命运。

阅历

拥有了人生的阅历，就拥有了人生的经验。有了成功的阅历，能够使人走向新的成功；有了失败的阅历，会促使人顿然醒悟。阅历对智者而言，是一笔财富。

阅历对有的人来说却是一种负担。有过成功，就以为有了人生的依靠，养成了骄奢，养成了懒惰；有过失败，就畏惧了人生的未来，不敢尝试，裹足不前。阅历不仅没有成为人生的提醒，反而成为未来的枷锁。这是那种浅尝辄止、一蹶不振的人生，不会有人生的大光芒与大起色。

因而，阅历是财富，又是负担；阅历是经验，又是局限；阅历是智慧，又是愚见；阅历使人厚重深刻，又使人轻薄肤浅。关键的一点是，我们怎样看待阅历。

凝目

我们凝目相视，默默无言。

那是一泓清澈透明的湖。明丽深邃的湖水荡漾着一圈圈涟漪。一圈修长的小树，将湖面围成一片朦胧。氤氲浓重的蓝色雾霭飘浮在湖面上，一轮妩媚的月亮在湖水里徜徉。

月亮晶莹透明，闪烁着幽幽灵光。我宛若披挂了坚强的勇气，顿然飘离红尘，走进那洒满清辉的湖面上。

一缕乌亮的秀发飘散在澄明的湖面上。我不忍前去捞起，担心惊走了羞涩的月亮。

湖水溢出来了，在辽阔的平原上流淌。

刈草人

燃烧着晚霞的黄昏里，走着一个背着草捆的刈草人。火红的霞光涂在他的身上，像一匹高大的骆驼，周身映着金黄。

一捆草，是因为家中有一群牲畜，还是用来遮挡茅屋的风霜？

迟暮的点点亮色，跳跃婆娑在随风摇摆的草尖上。

刈草人晃动的影子消失在村落的炊烟里。叹赏着暮景的人,消失在刈草人的影子里。

母亲

母亲是个普普通通的农家女人。

母亲总给我做最爱吃的豆面饼子,在我还小的时候。

但是,69岁的母亲已手拄拐杖,脚步蹒跚,两眼昏花,认不清亲生小儿子。

离家数年的儿子来到母亲跟前双膝跪倒,多了一副眼镜的儿子让母亲惊讶。

母亲生下了我,抚育了我,而我却远走他乡,将老母抛在乡野故里。

面对苍老的母亲,我自责如针芒刺背。

我对母亲说:"娘,每当过年的时候,我就对这您居住的老屋叩头。"

娘说:"我看到了。"

霎时,我的眼泪流满了衣裳。

父亲

64岁的父亲身体多病,却精神不老。他一如年轻人奔波在乡间小道。

我记忆最深的是父亲的入党日。父亲自我记事起,告诉过我多次他的入党日,在我上学的时候,入团的时候,上大学的时候,入

党的时候。

64 岁的父亲该退休了，但他还不退，他说自己不老。

我端详着满头银发的父亲，看着他仍然兢兢业业地操劳，心里难过。

父亲从未流过泪，我因而明白了何以称父亲。

父亲从未停止过脚步，我因而明白了怎样做父亲。

父亲不老的身躯依然支撑着家庭的大厦。在父亲面前，而立之年的儿子一如顽童。

姐姐

姐姐不识字，因为有一个小她六岁的弟弟。

我在姐姐的背上，度过了美丽的童年。

姐姐打过我一次，那是我擅自去塘边看荷花听蛙声。

姐姐是衣和食，中学时每逢周六我就在校门口盼姐姐从家乡走来的影子。

弟弟出了散文集，放在姐姐的家里。姐姐高兴地给人说，我弟弟认那么多字。

我坐在编辑部的创作室里，想着姐姐的面容，老乡走进来，给我一摞姐姐捎来的鞋垫，我有出脚汗的毛病。

我写下一个题目：假如弟弟有来生。

人生是一次旅行

人生其实是一次轻松而愉快的旅行。我们从远古的洪荒中走来，一路浏览路旁美丽的风景，到另一个多彩的世界接受新的使命。

在这段路上，我们是一个食人间烟火的实实在在的生命。生活窘迫，不要太过于计较，没必要追求过分的奢华，那只是徒增了生命的沉重。跌了一跤，落在了同行者的后面，也没必要急急地赶路，你不妨把这里作为一个驿站，修补一下劳累的生命。不能过分注重一个阶段的过程，因为人生是一条完整的路线，自始至终只要把握住行进的方向，即便一时落伍，也不会影响人生的进程。

不论遇到什么关口，只要把人生作为一次轻松而愉快的旅行，一路轻松，一路前行，就无所谓磨难与困境。

只要有了一个豁达的心境，把自己的灵魂坦露给自己的双眸，宽容地看世界、看他人，让乐观去征服、去统辖灵魂，人生就是一次没有负担的轻松的旅行。

终极思考是大人格

在纷繁的世间，作为茫茫人海中的一个，当你的价值未被人们认可之前，你必须而且只能作为一个普通人，忍受被人忽视的寂寞。

但对人生来说并不重要，重要的是你能够认识自己，把握你的价值分量，对人生做一次终极思考。

人贵有自知之明，最难得的是自知。尽管滚滚红尘，世乱如麻，但每一个人都有自己的坐标，关键的是找到自己可以展示才华的天地，确立自己的标点和轴线。当人们没有认识你的卓越的时候，你就必须积蓄力量，等待时机去展示。因为你关注的，是终极的结果。

只要思考的是人生的终极，以淡然的微笑面对世事，就是超凡的人生。当能力不被重视,得不到公允的评价时,才最易产生坚强的自尊,才最易培养可贵的耐力,才能够在不被干扰的静寂中独辟蹊径,才能实现人生逆袭。

对人生做终极的思考,把渺小的个人放进宏阔的世间,在苍茫的红尘中独自勇渡人生之舟,就向世界诠释了你的与众不同。回首昨天,你定然发现那些乱纷纷的人群、那些嘈嘈杂杂的噪声都早已被你抛得无影无踪。你已在悄然中踏上了翠岚峰顶。

人生不是一个阶段,而是一个永恒。大人格思考的应是终极的光华,而不是暂时的美艳风景。

死亡

死亡是一次不能重复的人生体验。

没有永恒的生,但死亡却使人永恒。

假如我们常常去想,将来的日子如同过去的日子,世界上没有我们的存在,那日子依然充满阳光和月光,死亡便是一种美丽,一种可歌可泣的悲壮的洗礼!

从容的雨天

　　济南这样的雨天是不多的。雨绵绵地长长地落着，落了三天三夜，依然淅淅沥沥地下着。早晨与傍晚，白天与夜都没有了清晰的分界线。雨像蚕丝织成的薄纱帷幔挂在了天上，将喧嚣、嘈杂、纷乱统统地挡在了遥远的外面，世界都变得朦朦胧胧。

　　静静的深夜或安谧的清晨，坐在自家的房中，听窗外清脆、有节奏的雨声，就更是一种难得的享受了。一切都是宁静的，只有柔柔的细细的雨，那清清凉凉带着音乐韵调的声音在空中飘浮着。它令你自然会想起"大珠小珠落玉盘""画船听雨眠"那些优美的句子。偶尔传来楼下行人"扑嗒、扑嗒"脚踏在雨水中的声音，它即刻也变成了与雨的交响乐，在静寂的夜里震荡，直到变成遥远的回声，依然清脆而悠扬。

　　济南很少有这样的雨，三天中一刻也没有停。大家不再刻意地像晴天那样要求自己，去匆匆忙忙地做永远做不完的事。办公室的电话不再那么急促地时常奏响，家中的电话也少有的沉默了。同事们各自坐在自己的位子上，不再去忙日复一日的工作，独自想着自

己的事,而且一无愧怍。似乎休息一下心灵是应该的,是理所当然的,雨天是应该这样的。上司过来催问工作,马上会说:天不是下雨吗?外面灰蒙蒙的一片氤氲,街上那喧嚣的人声车声都被雨隔在郊外了,只有滴滴答答、从从容容的雨声。

连绵的雨,好像把人拉回到了清静的世界。隔着那一层朦胧的雨纱看世界,世界没有了那些狰狞、那些丑恶、那些纷争,一切都变得温柔而贤淑了。为仕途而绞尽脑汁攀高结贵的人暂时将自己找回来,为钱财而顾不上回家的人也有了一两天与家人生活在一起的机会,一心写出惊世文章的才子们也不再为世间险恶痛心疾首,而为清爽的雨所吸引了。一切的纷乱与骚扰都杳然无踪,只有雨中的小树更加绿莹,大树更加挺拔,街巷间永远弥漫着的烟尘变成了清新的空气。街旁的冬青苍翠欲滴,它不禁让人想起"随风潜入夜,润物细无声"的韵致。雨打在脸上,丝绸裹肤般柔腻,像被妩媚的少女抚摸着。

长年呼吸不到新鲜空气的济南人,终于在一连三天的雨中呼吸感觉到空气的鲜冽与清纯了。

我忽然间想起乡村的雨,那雨不像这城里的雨湿漉漉的。一场小雨来了,村庄就隐在了淡淡的雨雾中。有这样的雨,孩子们是决不待在家里的,折几枝柳条,编成帽子,拿一根树枝,十几个人一起就去雨中打水仗了。可是济南下雨的街上却没有孩子们的影子。即便有一两个,也是坐在父母的车上,被雨衣包裹着。

千佛山上的亭子里不知是否坐着人?在那里北望济南,一定不是晴天里烟雾笼罩的景象了。

大明湖畔此刻一定有诗人在漫步，不然就可惜了雨中的潋滟湖光了。

生活在济南这样的都市，真不曾想还有这样的雨天，让人们隔着一层薄纱看世界、看自己。

进入第四天了，细雨还在从从容容地下。

寻找对手

没有对手的人生，便注定了与杰出无缘。

对手就是敌人。敌人在你的生命之路上静静地等待着你，准备与你做生死搏斗，因而你必须练就一身过硬的功夫与本领，才能保证在搏斗中取胜。

这样的对手不止一个，他们耸立在你人生的各个紧要关口，倘若一招不慎，很可能就此命丧敌手。因而，自己必须时刻警醒着，人生就在这种强大的逼迫中杰出起来。

没有对手的人生是可悲的。没有对手，就无法确知自己的能力与强度，看不到自己哪些方面是优秀的，哪些方面是脆弱的。

几乎所有优秀的人都渴望着对手的强大。因为通过与一个强大对手的较量，不仅可以发现自己身上隐藏得很深的纰漏，更重要的是从对手那里学习到高深的智慧与技巧。即便是自己暂时失败退下阵来，也足以自慰。

只有平庸的人才总是渴望对手的软弱与无能。对手的不堪一击，使自己暂时得到了胜利者的骄傲与喜悦，却使自己把资质平平视为杰出，把自己的弱点看得优秀，从而把自己永久留在了平庸的世界里。

最伟大的人是把自己作为对手，这是人生最强劲的对手。几乎所有半途而废的人，都是败给了自己这个对手。假如一个人，总是在向自己挑战，拿自己作为射击的靶子，用利刃砍向自己的贪婪、懒惰、骄傲、自私和虚伪，那将是何等卓尔不群光芒四射的人生！

因而，人生的路途上我们有一个十分重要的任务，就是为自己寻找一个对手。

走向剩下的麦田

法国伟大作家雨果,晚年的时候写下了这样的诗句:"铁石心肠的收割人,拿着宽大的镰刀,沉吟着,一步一步,走向剩下的麦田。"

我钦佩伟大的雨果,我手里一样有一把宽大的镰刀,前方还有大片大片的麦田正在渐渐成熟,等待我去收割。

我们的生命,是用每一步的尺度丈量的,只要你愿意,每一步都是新生活的开始,都会带来一个全新的世界。

我常常在给中学生的讲座中告诉孩子们:你即将踏上的是悲壮的不可逆转的离乡之旅,你不仅仅会渐渐忘记故乡和亲人的模样,你还要准备好承受意想不到的痛苦、心酸和难以想象的孤独与无助,你更要准备好尝尽人间的百味,因为,你一旦松懈,就会前功尽弃、沦落他乡。

孟子说:"人之患,在好为人师。"不能言,而能不言,如果能做到,就是修炼到家了,大多数人不会倾听。

"知其不可奈何而安之若命,德之至也。"这是庄子的话,是解开生活枷锁的金钥匙。

现在湖南岳阳楼的匾额是郭沫若题写的,这里有一段逸事。当时湖南方面是请毛主席题写,毛主席觉得郭沫若题写更合适一些,就委托郭沫若。郭沫若非常高兴,写了很多幅,最后精挑细选了几幅自认为最好的字,装入信封,送呈毛主席审定,信封上写着"请主席审定哪幅'岳阳楼'更好"。毛主席感觉写得都很好,但再仔细欣赏总觉得有些拘束,相反信封上随意写的"岳阳楼"3个字倒挥洒自如,于是就圈定了信封上的几个字。

我对此也有深刻的体会,常常应约题字,越是刻意,越写不好,倒是放松随意、兴之所至、信手拈来,反而出精品。

其实,任何事情都是这样,所谓天然去雕饰,大约说的也是这个道理。

孔子说:"吾少也贱,故多能鄙事。君子多乎哉?不多也。"意思是:"我小时候生活艰难,为了生存,所以那些粗活、脏活、不起眼的小技能都学会干。富贵人家的孩子会有这么多技艺吗?不会有的。"

中国人说,穷人的孩子早当家,其实也是这个道理。那些娇生惯养的孩子,一旦失去父母的庇佑,就立刻束手无策,其原因就是没有在少年时代学会生存的技能,没有经历生活的历练啊。

我告诉青年朋友们,走入社会,大学校园里所有的欢歌笑语都会销声匿迹,想象中生活的波澜壮阔都会归于风平浪静。你可能发现,你就每天忙碌于家庭琐事、枯燥乏味的工作,还要为薪水的入不敷出而节衣缩食,这就是一个人必须面对的起点。

丰子恺先生有一段话说:"既然无处可逃,不如喜悦。既然没有净土,不如静心。既然没有如愿,不如释然。"读这段话,不难理解丰子恺先生为什么是弘一法师最得意的弟子了。有了这样的彻悟,也不难理解丰子恺先生何以在诗文、书画、音乐、翻译等诸个领域均卓有建树。

我一直在努力离开昨天的自己。我要走向一个又一个剩下的麦田,拿起手中的镰刀,去收获成熟的麦粒。

站直的人生

有一句话说得好：站直了，别趴下！

只要你勇敢地站着，世界就永远在你的脚下。

有一个朋友对我说：看起来，你总是能够腾出时间来做你想做的任何事情。这对于很多人来说，几乎是不可能的。可是，对于你来说，似乎总是有时间，也有机会。我感觉，你似乎把你所有的时间都利用起来了。

朋友又说，你似乎总是热气腾腾，周身充溢着饱满的热情和斗志；你走到哪里，就会给哪里带来光芒；你的内心，似乎总是潜藏着朝气蓬勃的能量。

还有朋友对我说过：你似乎总是在不断否定自己，不断超越自己，不断为自己开辟出新的领地。很多人，即使在一个领域，也没有干出什么名堂，但是，你在若干个领域，都有声有色。

我回答朋友说，我并没有什么过人之处，我不过是永不屈服，永不倒下，永远站直着身子，不浪费时间，把自己一小段一小段的空闲时间都让有意义的事情填满了。

我说，我不过是一个能够依靠自己的力量抵挡各种诱惑的人，比如，我也有条件和能力去旅游、休闲、娱乐、狩猎、享乐，这些对于很多人来说都是极具诱惑和吸引力的，可是我很少去，我追求的是过自己一个文人的生活。

重要的是，我总是不甘于自己在从事的领域平庸无为，不是生活所迫，也不是一定要出人头地，这是一种天性，我总是力求做到最好。

其实，我知道，吃苦耐劳的人大有人在。但是，以我的经验和理解，很多人的劳动并没有实际的意义，尽管也很勤奋和辛劳，但是却毫无建树，而且，这样的情形十分普遍。

这就是方法的问题了。克服掉贪图安逸、放纵享乐，是简单的事；找到并驾驭适合自己的，可以付诸一生的方法，则是高超的智慧。

当然，在所有的领域中，个人奋发向上的辛勤实干是取得杰出成就所必须付出的代价，任何一种杰出成就的取得，都必然与好逸恶劳的懒惰品行无关。所以，不论在哪个领域里，我们轻易地就可以看到，芸芸众生者多，出类拔萃的人总是凤毛麟角。

有很多时候，外在的帮助也许会暂时使你摆脱困境，但是，也往往会扼杀掉你尽心尽力的进取心和原动力。人性中一个重要的规律是，无微不至的呵护、高屋建瓴的指导、严谨的监督之下，这样的人会逐渐丧失自己的判断力、决策力，渐渐走向平庸。只有来自你内心的力量，才会真正将你拯救出人生苦海。

人与人之间，不论是大人物还是小人物，也不论是弱者还是强者，无论是贵族还是平民，最大的差别，就在于意志的力量。你只有具备了一旦确定目标就所向无敌、一往无前的勇气和决心，才能做成任何事情，这是无法估量的一种品质。没有这个品质，所谓才华、环境、机遇，都是一句空话。

优秀的人也会遭遇挫折，也会遇到失败。但是，失败对于一个强者来说，恰恰是最好的训练，它会激发一个内心强大的人，不断克服弱点，寻找最佳的捷径，焕发出自己内心最大的能量，在知识、意志、智慧、方法上不断向前迈进与超越。在人生的重要关口可以跌倒，但不要被打倒，要勇敢地拍拍身上的泥土，重新站起来——站直了，世界就在我们脚下。

这是一个无可比拟的征服的过程，这个过程，将使一个人变得无比强大。这个时候，原来遭遇的失败和挫折，都成为人生珍贵的财富，成为生命中的光荣。

所以，中国古人几千年以前就总结出了这样的断语："站直了，别趴下。自立者，天助之。"

生命的绿洲

一对年轻情侣,在海南岛一片未开发的海滩上已踯躅了十多个日夜。当初那些美丽的憧憬,早已被海南炎热的盛夏和怪石嶙峋的海岸线阻挡在遥远的北方。他们已身无分文,当天的晚餐就只能以海风充饥了。面对滚滚而来的碧蓝和脚下焦灼的沙石,他们真真切切明白了人生如沙漠般艰难的比喻。

两天以后,当他们再也抵挡不住来势汹涌的饥饿与恐怖,以为年轻的生命就要客死天涯海角的时候,一个捡拾海贝的黎族姑娘来到了他们身边。他们栖身在这个黎族姑娘的家里,姑娘做向导,带他们走遍了附近的三个城镇,终于在一家文化机构谋得了一份职业。这样,他们便开始了立足海南的人生历程。

两年以后,这对年轻的情侣已成为海南颇负盛名的青年诗人。那位中学文化程度的黎族姑娘成为他们创办的文化公司的重要成员,还兼任他们刚买的一栋别墅的总管。

这对情侣共同出了一本厚厚的诗集,名字叫《生命的绿洲》。这是一个美丽的故事。这样的故事,在我们每个人的生命历程中都曾经发生过。酷暑中的一阵凉风,客居异乡时的一个长途电话,多年不见的朋友突然相逢,一束亮丽的鲜花,甚至一个甜蜜的微笑,或许都能够成为我们生命中珍贵的一部分。我们因而有了兴奋愉快的日子,重新有了人生的勇气和力量,重新获得了激情,久闷心中的烦恼也一扫而光。一件小小的事情,在自己或许只是一念之间的举手之劳,但对于处在特殊状态中的人却是生命的拯救、灵魂的解脱。这也许就是绿洲对生命的意义。

有一年,我同几位朋友到枣庄去爬抱犊崮。抱犊崮陡峭如壁,我们几乎都有了止步下山的想法。这时,有一位砍柴的老者从后面爬上来,看也不看我们就紧贴着石壁爬了上去。我的心中顿然生出一种征服这座山的激情,毫不犹豫地按着老者的方法爬起来。不久,我爬上了崮顶。站在崮顶,果然一览无余,白云缭绕,阡陌纵横,山顶风光无限绮丽,这是在半山腰无法领略到的。这次爬山的经历,深刻地镂刻进我的生命中,成为人生中最丰腴的绿洲。

珍惜我们人生中的那些宝贵的片刻吧,它们是我们生命的绿洲,润泽了我们前方的路。

第六辑

寂寞烟霞只自知

精神的家园

我知道平凡是这个世界的本性,平凡是真正的人生,是美丽的风景,但我却再也难以抑制那颗凡心的跳动,灵魂之门向世俗关闭,而面向苍茫的天宇开启。

我于是开始了寻找那个心中的家园的历程。我热衷于走向现实世界之外,起码是走向现实世界的边缘。尽管肉体的需要使我依然要与现实世界沆瀣一气。养家糊口的义务虽使我逃避不了责任,但我依然要呼吸人间的空气。

那个美丽的家园在我的意念中,它遥远而又缥缈,它的四周罩着一圈美丽绚烂的光环。

在初始的时候,我为家园的模样而焦灼不安,怎么也想象不出那琼楼玉宇的构造与色彩。它像雾,像雨,又像一只漂泊的红船。我努力睁大眼睛,用双手伸向蓝天,戴上极深的眼镜,但天空依然还是纯净得一丝不挂,没有丝毫踪影。

我发现我的追求只是一个意念,我在苍茫人世间不过只是一个迷途的羔羊。我坐下来面向脚下的土地,土地上有青嫩的小草,有

涓涓的小溪,也有参天的大树。人们都不慌不忙地来来往往。一个不死的灵魂站起来昭示我:活着,还是死亡?这是一个问题。

是的,这是一个问题。我明白了,那美丽的家园并不在天上,而在自己的足下这片黄色的土地上,营建它的,设计它的,只有自己。于是我不再注意那凡尘间的一个个怪圈,也不再关心那一重重无休无止的悖论。我的双眼也不再观看虚无的天空。

10年辛苦不寻常,我的精神的家园终于建立起来了。它的正殿是杜甫曾呕心沥血的茅屋,那里面还有几株供陶渊明赏玩的菊花,四周是一圈美丽的篱笆墙。站在篱笆墙下,南山依稀可见。

面对这个美丽的家园,我突然觉得似曾相识,它不就是我出生的家园吗?那里面有父亲的咳声,母亲的桨声,还有我童年的嬉戏声?这10年的人生之旅,自己不过是走了一个圆。

我因而猛然清醒,其实精神的家园就在自己的故乡,在自己的骨血中,在自己没有开始探索人生的初始里。离开了出生地,离开了自己的真实,一切的追寻都是徒劳的奔波。人生是一个圆,发现了这个秘密,一切都归于宁静和安详。

心有常闲

陶渊明在他的《自祭文》里说:"心有常闲。"我想,陶潜先生这里的"闲"字,是指我们匆匆人生之旅中的小憩,就如书画作品中的留白,就如我们家中的庭院,那是心灵的窗口,更是人生的顿悟。

自知者不怨人,知命者不怨天。

杨绛先生说:"人生最曼妙的风景,是内心的淡定与从容。"

其实,我们要获得自在无碍的心灵是有捷径的,两个字"放下",就足够了。

不论有多少事情要做,都要常常停下来,常常回头看看,才会走得更从容,走得更远,也才会有大境界。

宁静是没有声音吗?不,宁静是彻底忘掉自我。只有当自我从心灵消失的时候,你才真正进入宁静安详的澄明之境。

有人问篆刻大家吴昌硕制印之刀法,吴先生说:"我只晓得用劲刻,种种刀法方式,没有的。"这是真话。文学、书法、绘画、音乐等所有的艺术,技巧是没有的,你只需要刻苦努力、千锤百炼,

自然水到渠成。可以说，那些号称有技法的人，都不过是借此混饭吃的江湖郎中。

什么是真性情？就是"你最真实的样子"。真性情的人，做人是最轻松的，因为他不用刻意地伪装当演员。

善良的情怀以及对于天灾人祸的悲悯之心，是一个人最起码的良知，如果对于他人经受的痛苦幸灾乐祸，只说明你的品质已经跌破了道德的底线。

你无法左右别人的意志，同样别人也左右不了你的意志，但如果对立的人太多，总是看不惯他人，甚至与社会也格格不入，则只能说明你不合时宜。

"二战"结束的时候，德国柏林几乎被炸为废墟。盟军统帅巴顿将军视察街区，发现一位家庭妇女，正细心地把被废墟掩埋的一盆鲜花清理干净，放到破败的窗台上。巴顿非常震惊，他对人们说：德意志民族用不了多久，就会东山再起。

他的话果然得到验证，十几年之后，德国就重新站在了世界的前列。任何一个人，都应该这样：把深重的苦难都压在心底，昂首挺胸，与他人一样，迎接明天的朝阳！

说到底，人生是你自己的事。你轰轰烈烈，或悄无声息，世界一切照旧，与别人也都没有什么关系。你向他人炫耀，只会引来反感；你想向谁倾诉，也不一定得到同情。明白了这些之后，你就应告诫自己：你一生的任务，就是一往无前，不求理解，也不求帮助，独自朝着自己的目标壮丽前行！

一个秋天将要远逝

一个秋天将要远逝,我目睹着无尽的叶子飘飘零零、纷纷扬扬地落入泥土的怀抱中。

我为眼前这壮观的景象而震颤。叶子从迷蒙的混沌中走来,经过四季的风雨盘剥,终于摆脱了世间的庸俗与虚荣,不再留恋凡尘的鲜艳与奢华,寻找到自己永恒的归宿了。

这是一个艰难的背叛与皈依自我的过程。

叶子是有生命意象的,它从那干苍衰败的枯树烂枝中,依靠着点滴的雨露,不屈不挠地开始了生命的进程,扶持着鲜花绽放,又扶持着果实成熟。但最终它领悟了。当它发现鲜花败落,果实也败落了,枝头上只剩下自己孤单的身影,它义无反顾地从亭亭的枝干上潇洒地飘落,回归到树根生出的原始,这是一个壮丽的生命的回归。

叶子的生命是永恒的,它是在短暂的四季表象中获得了丰富而美丽的永恒。叶子是崇高的,它是在短暂的生命之旅中做好了扶持鲜花与果实的工作,而后悄然飘落,它从诞生之初就确立了自己生的主题，把自己的终结故事写在荒芜的大地上。

这是一个伟大的进程。

面对在这一个秋天将要远逝中飘洒在大地上的叶子，我再一次获得了宝贵的生命洗礼。

我从遥远的乡村，沿着那条蜿蜒的小路走来。我努力挣脱了泥土的污浊，脱下了粗布衣衫，遵循着人类文明的足迹，寻找那个属于我的精神家园。

走出了家门，视野就不再是熟悉的山川河流。懂得了观察与思考，也学会了喜怒哀乐，以时间的荣辱与兴衰填补未知的荒芜。在这条曲折跌宕的路途上，我吃力地走着，对人生趋之若鹜的东西不屑一顾。

又一个秋天将要远逝。过往的那些秋天，从未曾给予过我如此强烈的禅悟。在这一个秋天的末日里，面对潇洒地纷扬飘落在大地怀抱中的叶子，一种崇敬之情油然而生。我终于领悟，我自己只是一个并不比叶子高明的动物而已，甚至远不如叶子那般飘逸，那般从容不迫，那般无牵无挂。一个冬天将要到来，严寒与冰冷将要到来，叶子就这样不屑一顾地完成了使命，从容走进冬天，去孕育明年新的生命。面对落叶，我的那些悲伤，那些失败，那些骄傲，又算得了什么呢？

抬头仰望天空，天空澄澈亮丽。我久晦的心情，顿然冰释，融入了明快的生活中。

走进自己思想的灵田

在一个飘扬着漫天飞雪的冬夜,我走进自己思想的灵田……

孤独是一个生命走向思想深处的起点。正是有了那种摆脱世俗的孤独,才有了人生的不同凡响。

阻止使一个人走向卓越的致命弱点是事无巨细的不加偏废。一个人的精力与智慧都是有限的。什么都要装进去的脑袋,只不过是一个容器罢了。

只有充满智慧地加以偏废,用理性的光芒抛弃众多的诱惑,在极少的部分倾尽全力,生命才会呈现出耀眼的辉煌。

发现自身的优秀部分,是人生的智慧。

有人对自身弱点熟视无睹,避长就短,因而不断碰壁,人生免不了失败。

有人却不同,站在生命的高处,将自己优秀的部分张扬到极致,焕发出生命的所有潜力,从而有了超凡绝伦的人生建树。

人生至关重要的是生命进程中的顿悟。

人的生命像大自然中的一枚落叶,伴随着自然之气消沉与张扬。倘不能自我顿悟,任其枯萎凋零,永远不会呈现出精神的光芒。只有自我顿悟,在生命行进中理性思索,才会使人生走出大自然的荒芜,走进思想的灵田。

有了人生的顿悟,才会有人生的自我唤醒,才会有生命的绝响。

在生命的长河中,奔流不息的,是生命的思想之水……

我的文学生活

我从不敢承认自己是一个作家。在我的感觉中，作家是一个非常崇高的字眼。有一次我去拜访著名作家张炜，他告诉我，他从来不敢承认自己是一个作家，因为在他心目中，作家是一个遥远而神圣的词汇。我还是学生的时候就读张炜的作品，连他都不敢称自己是作家，更使我加深了对作家这两个字的崇敬。因而，每逢一些朋友与读者称我是作家的时候，我没有半点的惊喜与得意，却有万分的不安与惶恐。

但是，我拥有文学，我挚爱着文学，文学充满着我的生活。

我并非拿家里拥有几书架藏书，拿会写点儿文字，拿发表过的几篇文章作为生活的装潢。在我看来，文学是一种境界，是一种高度，它可以让一个俗人脱掉世俗的满身市侩，具有一种高洁的品质。因而当我发现了文学的这种功能之后，便一直在它的引诱下向那个圣洁的王国靠近。当然我永远都是一个世俗中人，但是因为文学，我懂得了什么是世俗，找到了可以远离世俗的办法。因为文学，我才能感觉到一片落叶所预示着的，一场小雨背后的东西，一片雪花

的形状。

我从来不把文学作为一种理想，而是看作一个对话者。它已成为我生活的不可或缺的伴侣。它总是安静地坐在那里，听我慢慢讲述自己的故事，让我体会到了那种一吐为快宣泄淋漓的快感。

有人告诉我，文学害了一代代巨人。譬如李白、苏轼，作家的骨气与傲气使他们敢于蔑视帝王，因而有了放逐流浪之苦甚至砍头舍身之厄。我不这样认为，李白、苏轼永远是我们这个民族的骄傲，而中国历史上有些人却不配享有这种尊敬，这是因为文学。文学神圣无比，生命的长短，死亡的形式，又算得了什么呢？正是文学成就了李白和苏轼。因而当我看到一些自以为是的人在谈论文学的时候，心里就有了那种尖刀割心的彻痛。我因而很少参加那些冠以文学名誉的充盈商业色彩的活动，我担心我心中的文学生活被破坏，我担心我的文学生活的完整被打破。

文学使我几乎时时刻刻都处在非常愉悦的状态中，不是在于写出了一篇满意的文字，而是文学让我的生活充满趣味。我投稿给报刊的目的，不是为了名或利，而是为了在更大的范围内寻找知音、结识朋友。

文学的制高点上闪烁着的，是人性的光辉，我发现了它，并感受到了它的光芒。这种光芒，使我的生活永远明亮着，永远愉快着。

寂寞烟霞只自知

非常喜欢一句唐诗——寂寞烟霞只自知。

我告诉青年朋友，当你身临灾难或困境中，大好的机遇也许正在孕育，重要的是你以什么样的心境来对待。这就如两人一起在雨后的黑夜行走，一人看到的是遍地泥泞，另一人看到的却是满天星斗。

世界辽阔，总有一条大道是你的通途。

毕加索说，小时候母亲曾经这样告诫他：如果你选择当兵，会成为一个元帅；如果选择神职，会成为教皇。他没有按照母亲的话去做，而是选择绘画，最终成了不朽的毕加索！

一个人，年轻的时候受了欺负，一定会想着要卧薪尝胆，发誓混出个名堂来给人看。可是，到了真混出个样子来了，甚至早已经发达到让世人侧目，却发现仇恨早已经从自己的生命中消失。成功的真谛，不是证明给谁看，而是把自己的生命淬炼成博大、宽容和慈悲。

其实，我们每个人都从生活中得到了自己应得的那一份，可是，

大家似乎都觉得生活亏待了自己,只有极少数的人,对自己的所得心满意足。这一少部分人,人们谓之幸福的人。

美国西点军校校歌中用了"二战"名将麦克阿瑟将军的一句话:老兵不死,只是渐凋零。

闻名天下的湖南岳阳楼和湖北的黄鹤楼以及江西的滕王阁,被称为古代中国三大名楼。可是,千百年来人们记着的是北宋文学家范仲淹的《岳阳楼记》和唐朝诗人崔颢的《黄鹤楼》及唐朝诗人王勃的《滕王阁序》,至于建造三大名楼的人,早已经消失在岁月的深处了。

古代"走江湖、参云水"的高僧,携带一把紫砂壶,遇到松林泉水,折枝做柴,煮一壶清泉,泡茶而饮,虽孤身荒野,心中自是万里云山。

当你在森林中迷路的时候,只要找到溪流,顺着溪流的方向,就会找到出路。

哪一条溪流,不是在冲破了无数的重峦叠嶂之后才寻找到出路呢?

歌德说:"未曾哭过长夜的人,不足以语人生。"一个人,如果没有经历过背井离乡,没有经历过生离死别,没有经历过一点挫折,你的生命也许就不会有大彻大悟的深邃与辽阔。

人们常常说到修行。其实修行就是把我们每天遇到的事情搞明白,把眼中的世界搞明白,把自己的来路弄清楚,让自己的心灵变得简单而明澈,让自己每天的情绪平静而安详。

我们常常看到舍得两个字,很多人对这两个字的含义有误解。

舍，不是简单地丢掉，更不是什么都不要，而是放下，不霸占，不计较。得，不是简单地获取物资和财富，而是获得心灵的大圆满，不贪欲，不掠夺。

　　我总在想一个问题：我来到这个世上的意义是什么？我一直没有想出答案。我就告诫自己，既然找不到来世间的意义，那就努力让自己的人生有意义。在人生的旅途中，守得住寂寞，耐得住煎熬，走出一条属于自己的道路来。

废墟上的灵光

一

在故乡苍苍茫茫的群山野草中间,隐藏着一处庙宇的废墟。庙宇的主人是汉代的一个执金吾丞。自北宋以来,一代代文人墨客沿着那条蜿蜒的乡间小路,来到这片逶迤的崇山峻岭中,捡拾落满了历史尘埃的民族记忆。

废墟的确切称谓是嘉祥武氏墓群石刻。本是东汉末年一组墓地上的地面石刻建筑和装饰,包括一对石阙、一对石狮和两块石碑,以及四十多块汉画像石。至少到北宋时期,这些绮丽的石刻画像还完整地耸立在地面之上,享受着武氏后人绵延不绝的香火承奉。

发掘只是近代的事。发掘之前这里是一片野蒿黄土乱石瓦砾,一处为世人所遗忘了的废墟。尽管北宋、明、清皆有不少史家注意到它,也只是零星地整理了极小的部分。废墟坐落于嘉祥县城南15公里纸坊镇武翟山村,山名地名均冠以武氏,足见当年武氏一族的煊赫之至。可是到村中寻访,却再也没有一个武氏一族后人了,方圆数十里也没有武姓的踪迹。

武氏一族缘何余脉断绝，史家争论不一，当地也有种种不一的传说。我漫步在断壁颓垣青苔茵茵的废墟中，一种莫名的感觉在胸中奔涌。历史是民族的历史，一个王朝，一代英雄豪杰，都只是漂泊在历史长河中的浪花。

二

在我幼年的时候就听乡人说，那片废墟是皇陵，是埋葬大官的地方。我常常从残破的石头中爬到里面，阴森的氛围常令我不敢踏进去看那些零乱的石头中露着的花纹。那些花纹非常奇特，有人物，有花草，有马车，有树木，有鸟虫。有的是端庄的官员，有的却是搏杀的战争场面。当年我看不明白这些东西所意味着的丰富内涵。有时觉着好玩，便拿了软泥去上面翻印精美的图案，卖给城里的孩子。

但当我走出了那片黄土地，又从一个学府走回，再踏上那片雄浑苍凉的土地时，置身在废墟中间，我却一次次被强烈地震撼了。遥远的历史在呼唤着我，昭示我一步步走近它。

最早记录它的是北宋欧阳修。他在《集古录》中做了这样的判断："右汉武荣碑云，君讳荣，字舍和……执金吾丞。孝桓大忧，屯守玄武阙，加遇害气，遭疾殒灵。其余文字残缺，不见其卒葬年月，又不著氏族所出。惟其碑首题云《汉故执金吾丞武君之碑》。"后来其子欧阳棐在《集古录目》中又做了进一步记载。而第一个考证翔实的当是北宋末年山东诸城人赵明诚，他在《金石录》中记载有武班碑、武开明碑、武梁碑、武英碑、武氏石阙铭和武氏石室画像，

基本上较全面地整理了武氏祠的大部分地上石刻画像。宋以后又出现了一些有名的研究家，研究队伍绵延有人，研究成果也洋洋大观。

三

武氏汉画像大致分为三类：一是反映现实社会生活的题材，包括车骑出行、庖厨宴饮、田猎农事、战争等内容；二是表现具有教化作用的历史故事和历史人物，像黄帝、尧、舜、禹、孔子等；三是表现神仙灵异的题材。其中的车骑出行图则准确地刻画出了当年武氏族人的政治地位。据《续汉书·舆服志》记载，不同等级的官吏，使用相应的车骑服饰。二千石以下之官仅能用一辆马车，二千石以上至万石丞相、五公贵族可用二至四辆马车，天子用六辆马车。而对于前导后从的车马，车前开路的布卒，带剑骑吏的数目，都有严格的区分。武氏祠画像与史书记载完全吻合。而前石室中的"水陆攻占石像石"，画的上部以长列车骑，下部中间有一座桥，一辆主车在桥正中，五辆属车分列两边，以榜题予以标明，恰是汉代车战的生动写照。

在武氏汉画石像中，庖厨图占了较大的分量。图上一般都刻一个带烟筒的灶，灶上置甑，有人在灶前烧火。灶旁的壁上则挂着猪头、猪腿、剥好的兔、杀好的鸡鱼，另一边有人在井边提水，在立柱上杀狗。而有一幅庖厨图与一高楼相连，男女主人分别坐在二楼和三楼上，仆役们用方案或图盘托着碗、盒、耳杯，通过楼梯，递饭菜到主人手中，伺候主人用餐。当年的武氏家族动用人力制作这些画像埋在墓室之中，或许是为了让富贵的生活永世流传，也许是为了给后人留下美好的历史，都未可知。但不论哪一种可能，通过这几十块普通的青石，集汉之前文化之大成，武氏族人的功德是无量的。

而神话故事则是武氏祠画像中极为精彩的部分，刻画着许多汉人所想象的仙人、神禽、怪兽的艺术形象。如西王母、东王母、八头人面兽……这些神话反映了当时人们对于自然现象的想象和上古久远的传说。有一幅图刻画了一辆雷车，由彩云作轮，几个肩生双翼的仙人用绳子拉着。车上置两面鼓，一个女装的雷神手执槌不断击鼓，鼓声代表了隆隆的雷声。雷神后面，一个足踏云彩的仙人张着大嘴代表着刮风，它极其形象地再现汉代人对于大自然的认识。通过一面石画，涵纳了这样广博的内容，足见汉代时的艺术造诣之深。

西王母，又称王母娘娘，是汉代传说中的主要神仙，在武氏祠画像中占有重要的位置。有一幅是西王母与东王公相会的画面。图上方的天空部分堆满了复杂的云彩，云中有许多肩生双翼的仙人。西王母和东王公在车上端坐，周围各有一些侍奉的仙人。《神异经》说西王母乘大鸟会见东王公，《汉武帝内传》说西王母乘九色斑龙车从天而降，均与武氏祠画像完全不同。

武氏汉画像中的人物画像相当多，其中有传为人类始祖的伏羲、女娲，有三皇之一的祝融，有黄帝、颛顼、尧、舜、禹，还有恶名昭著的夏桀。而夏桀的一幅极其精彩传神，夏桀坐在两个妖艳的女子身上，将其恶贯满盈的形象生动地刻画出来。图像中有齐桓公、秦王嬴政等各路诸侯豪杰，有闵子骞、董永等孝子，有蔺相如、荆轲、专诸等忠臣义士，还有京师节女、齐义继母等烈女。汉代前几乎所有的历史人物、神话传说都一一在此登坛拜位，或褒或贬，各领风

骚。更让人击节而叹的是荆轲刺秦王的画面。画面正中是秦宫立柱，柱子中段插着一把匕首。秦王神色慌张，撕断袖子逃脱。匕首左边是荆轲，已经受伤的他虽然被两名武士死死抱住，但依然双手高举，头发直直向上方挺出，正是"怒发冲冠"的形象。这是一个极其短暂的瞬间，但却被雕刻家果断地抓入画面里。

"画像古朴，八分精妙。"目视着这些石像中石刻人物怡然悠闲的神情，我在惊叹设计者和画匠的博学与绝技之外，又为这些人物而庆幸，为辉煌的中国古代雕刻艺术而自豪。这些亘古不变的石头，深埋于地下，为一代代史家学人提供了一个洞穿古代文明的窗口。这个无可比拟的功绩，恐怕是当年的设计者和那些石匠们所始料未及的。

四

站在这片雄浑苍茫的土地上，走进这座深藏着一个民族历史的废墟小院，举目眺望周围苍翠的群山，抚摸着一块块标志着民族兴盛和衰落的碑刻，我周身处于一种庄严沉静之中。那些久远的凝固了的岁月，那些被岁月积淀而成的历史，都跳跃着向我飞来，我自己在这瞬间仿佛也融进了滔滔不息的历史长河中。

汉代是我国历史上空前强盛的朝代，人们在汉代大一统的封建王朝长期休养生息。而武氏祠所在地鲁西南嘉祥县"春秋为弦歌旧地，文学蔚集，名哲踵出"，离孔孟故里仅百里之距，曾子故里不足十里，孔曾之徒遍布乡里，文人墨客不计其数，汉画石像这样宏大的文化遗迹的出现就是必然的了。

人生突围

余秋雨的散文《苏东坡突围》,几次都无法卒读。我在学生时代知道苏东坡,他曾被贬黄州,并且在黄州写下了不朽的作品《念奴娇·赤壁怀古》,但却丝毫没有理解他在黄州写这篇光耀千古之文的意义。看了秋雨先生的文章,我蓦然顿悟。虽然当初苏东坡是被逼无奈贬到黄州,但对于他的人生而言却是完成了一次壮烈的突围。因为正是这次被贬,才使他有机会体味自然和生命的真相,也才有了光照千秋的不朽诗文。

人生突围,是每一个人都必须面临的人生课题。

任何一个人都不会一踏入社会就站在最适合自己的位置上。虽然你现在的位置优越无比,但对于你自身长处的发挥却意义不大,这时候你会面临重大的选择。那些优越的东西,对于你如果只是一种敷衍和点缀,那么你就可以勇敢地舍弃,追求更有前途的人生。这个选择的过程,就是一次人生的突围,所有那些优越的东西,恰恰正是你的敌人。

央视《中国诗词大会》让很多观众认识了一个全新的董卿,她

深厚的诗词底蕴令人折服。到了《朗读者》,董卿的身份又发生了变化,她变成了制片人。董卿说:"一直向前走,不要回头,就不会想东想西,就不会被牵绊住。"她原本已经是非常优秀的央视春晚主持人,但她还是遵从自己的内心,去做自己更擅长的节目,实现了人生突围。

假如你才思平平,依然在文学的道路上苦苦求索,你就需要一次痛苦的突围,去文学以外寻找自己的天地。

假如你不通商术,却执意要在商海中大显身手,你就需要一次突围,突破金钱的欲望围成的堤坝,在商海以外寻找属于自己的事业。

假如你此刻正处在一个自己总是无法适应的环境里,那么你首先考虑的应该是人生的突围。

突围,会使你重新拥有一片明丽的天空。

个性

每个人都有个性，正是个性把自己与他人区分开来。

一个人由于在性格上与世俗格格不入，陷入一种被冷落、孤独的处境，往往走向调节自己的极端，于是谨小慎微地与他人相处，接受社会的世俗规范，自我压抑，削弱个性。这种努力削弱个性的行为，窒息了一个人成为杰出人才的可能。因为驱动人取得成就的力量恰恰是独特的个性，个性往往能产生一种唯我独有的方式和才能，把人生引向绚烂的辉煌。可是，很多人却往往忽略了这个至关重要的环节。

个性，是我们从冥冥之中来到异彩纷呈的人世间作为一个独立人格存在的基点。不善言辞，爽快利落，事必躬亲，大智若愚，不拘小节，这些都是表现个性的外在方式。一个人只要明察自己的个性所应该发展的方向，并且不失时机地把握住，矢志不渝，人生必是另一番境界。每一种个性都有其独特的魅力，都有为他人所不及的优点。只是，一般人往往还没有悟到这一点，就开始随和世人，磨掉个性，把个性的威力扼杀在摇篮里。

我们只有充分保持、发展、张扬自己个性，才会走出具有鲜明特色的人生之路，决不能为了迎合世俗的口味而轻易改变自己的个性。因为，世俗的尺度只是要把你改变成一个俗人，而不是把你打造得出类拔萃。如果你顺从了那种进入社会就开始削掉棱角、拔出针刺、磨炼浑圆的圈套，个性不存，就只能做一个低层次的看客，而绝对主宰不了自己的人生。

独处一隅，面对纷乱的世间，沿着历史的河流追溯古人，我常常为那些能坚强地保持自己的个性并终生不渝的人而激动不已。强烈的大一统意识决定了秦始皇的成功，不可遏止的征服欲把成吉思汗的帝国疆界推进到莫斯科郊外，倔强不屈、正义凛然的天性把魏征的地位推到名相之首，放荡不羁的个性成就"诗仙"李白。还有愤怒的鲁迅，忧心致死的屈原，从来不知道什么是"不"字的丘吉尔……

个性，把一个个杰出的人物推到成功的巅峰。个性贯穿着人的一生，影响着人的一生。一花一世界，一人更是一世界，社会需要个性。

爱情九歌

一

我总以为爱情不应是人生的饰物，它应是人生中最重要的份额。

爱情是亮丽的人生之花，没有了爱情的相伴，没有了爱情之花的鲜艳灿烂，漫长的人生之旅与苦行僧又有何异？

二

我最看重的，是爱情的质量。每一个人，都会经历过爱情的沐浴。但有的爱情因太过功利而只剩下了重量。有的爱情一开始就以婚姻为目的，让世俗的法则把爱情的质量减轻了。

只有两颗纯洁的心灵，互相叩开了灵魂的扉门，所有的标准、功利都消逝在远方的尘埃中，这才是爱情最美丽的模样。

三

爱情是求不来的。爱情是人生旅程中两颗心灵的碰撞，是自己心灵的图像在另一颗心灵中的印证。

所谓的一见钟情，定如稍纵即逝的昙花，是不会形成生死之爱的。爱情犹如初春的雨丝，让两颗心灵慢慢滋润，而后结出丰硕的果实。

假如爱情可以求来，它与富有者对乞丐的施舍又有什么区别呢？

四

爱情的质量是经过时间与生活的锻打才可以获得的。

因为爱情不仅仅产生在鲜花烂漫的春天，还有炎热的酷暑、料峭的寒冬和苍凉的暮秋。

当情人处于厄运时，当情人遭到苦难时，当情人没有了人生的希望时，要同甘共苦，不离不弃，这恰是锻打爱情质量的材料。没有这些材料，爱情永远是空中的楼阁，雾中的花，没有分量，也没有质量。

五

爱情不是朝夕相处的守护。朝朝暮暮的相濡以沫固然会使爱情浓如淳浆，但远在天边的牵挂与思念却会使爱情多了一份浪漫。距离，不会使爱淡化，反而使两颗心灵因为彼此的相思变得更近了。

六

爱情也会有暂时冷却的时候。它有涨潮，也有落潮。它使人生充满幸福与快乐，也会使人生承受痛苦与磨难。

爱情不是纯净的一池清水，没有波浪，没有惊险。这样的爱情会因为它的简单与平淡而失去爱情的魅力。爱是碧蓝壮阔的海洋，有暗礁，有巨浪。只有具备了勇气、胆略、自信、真诚的人，才可以到达它的彼岸。

七

爱情是对对方的欣赏、理解与宽容，任何改变对方的想法与动机都是无知和愚蠢的。

努力改变对方的时候，就是自掘爱情坟墓的时候。许多婚前痴心相爱的情侣，婚后因爱情的丧失而陷入痛苦，因为总想改变对方，使对方更贴近自己的人生轨迹，结果适得其反。

世上没有相同的两片树叶，唯其不同，才使爱情之花更夺目艳丽。

八

爱情不是预约，爱情也不是宿命，爱情是两颗心灵碰撞之后长时间痛苦磨合的结晶。

所以，爱情是一种机缘。

九

美丽的容貌不是爱情最主要的成分。只有美丽的心灵才是爱情的主流。假如见到一个美貌者即心旌动摇，就永远不会有专注执着的爱情了。因为美丽的面孔是无数的。

爱情是一杯清茶，只有慢慢地品尝，才会享受到它的幽香、清淡、淳厚、苦涩与悠远。

激情的人生

激情,是生命的动力之源。激情产生幻想,激情产生勇气,激情产生力量,激情使生命永远处于进取的亢奋之中。

我们大多数人都会有一个充满激情的年代。血气方刚,面对崭新的世界,充满了天将降大任于斯人,以天下为己任的壮志。遇到邪恶,会义无反顾地挺身而出。遇到困难,不是踯躅徘徊,而是迎风而上。面对社会与人生中的许多问题,总是保持勇于挑战的姿态。

有这样一个故事。约翰、汤姆两人受雇于同一家零售公司,老板想从二人中间选一个经理。于是,分别给他们派同样的任务——去集市上看货,看谁完成得好。汤姆来回三趟,才打听全农产品的品种、数量和价格。而约翰却一脸兴奋地回来,一次性向老板详尽汇报了几种蔬菜的市场信息,并带回了相关样品。他还极富创意地请来了货主,为老板的生意扩张提前谋划。面对同一项工作,一个只是机械地去完成任务,另一个充满激情地去完成。结果不言而喻。

激情能使人产生一种使命感和成就感,可以把古板单调的工作变成瑰丽斑斓的征途,让艰难的跋涉在热情似火中化成内心的快乐。

激情是人生的希望，没有了激情的人生，唯唯诺诺，噤若寒蝉，与行尸走肉又有什么本质区别？

激情使心灵永远年轻。保持人生的激情，纵然七十古稀，人生依然光彩夺目。年纪轻轻就变得四平八稳，所谓老成持重，其实是过早地把自己推向了暮年的处境。

激情是人生卓尔不群的源动力，激情使人生永远处在不可遏止的冲锋之中。

保持人生的激情，才可以憧憬人生高处无限美丽的风景。

生命的深处

亲情

亲情是生命中最深厚的底蕴。父母、兄弟、姐妹之情将孤独的生命网在了一个血肉丰满的氛围中,使生命得以享受扶助的温暖。

亲情,是血脉之亲,因血脉的流传而显示着坚韧的力量。

亲情是一种纯粹的无私的不求回报的感情。一个人只要拥有亲情,就不再是这个人世间孤寂的旅人,任何时候都会有人在默默祝福他。

亲情是一种永恒的感情,它不会因人生的辉煌与失败而改变。成功的时刻,它共享幸福;失败的时候,它分担痛苦。

无私的亲情使生命温馨,如阳光普照。

友情

友情是生命的两极。你在生命的彼岸,感受着彼岸的心心相知相印,感受着灵魂的相通。

友情包括挚友之情、诤友之情和一般意义上的相投之情。挚友应该是那种灵魂的交流，而诤友则是敢于从朋友身上挖掘删除痼疾的品质的交流。

友情是双向的约定与遵守，它靠的是双方的努力与付出。只欲从对方那里索取而不付出，友情就意味着结束与枯竭。

友情使生命脱离自己的低层状态。

拥有了友情，生命会变得旷达而从容，有了思想，有了尊严，也有了个性。

爱情

爱情使生命更美丽。爱情之花，绽放于两个人内心深处，散发出美丽的光芒。

爱情是生命中偶然的机遇。踏破铁鞋未必找到真正的爱情，而萍水相逢却可能得到终身伴侣。

爱情会使生命的力量扩张到极致，呈现出不可预知的辉煌。

亲情、友情、爱情是生命不可缺的三个要素。没有亲情的人生是孤独的，没有友情的人生是苍白的，而没有爱情的人生是可怜的。三者缺一就是不完整的生命，缺二无异于行尸走肉，三者皆无则生不如死。

不疯魔，不成活

以长篇小说《白鹿原》享誉文坛的陈忠实，在谈自己的人生体会时说："不疯魔，不成活。"他的意思是，如果不发疯似的痴迷于某项工作或事业，就不会取得成功。他每天凌晨起床开始写作，终生不懈，这话正是他自身的写照。

陈忠实在成名之前，他的妻子和孩子在城里，他一个人躲到乡下去写作，当时贾平凹和路遥都有长篇作品获奖了。他写了五年，但他一直不拿出作品来，他写得非常非常艰苦，是一种非人的自我折磨，令人感伤。1991年年底，陈忠实决定要在这年把《白鹿原》写出来，赶在五十岁以前。他告诉老婆不能回家了，一个人在那里干，到腊月二十九画上最后一个句号。轻松下来，他什么也不干，一个人沿着白鹿原的一条小河往上走，自己都不能相信这完了吗。天黑了，他一个人坐在村口的一片大荒草上，想着五年来的苦，突然把脚边的荒草点着，像野兽般地狂叫。第二天，回到西安。年三十他把自己家的门叫开，妻子问："完了？"他说："完了。"就四个字，这四个字包含了多少艰苦的东西。

其实，每一个杰出的人几乎都是如此。"不疯魔，不成活。"这是一种境界，一种痴迷的境界，是对自己的工作或爱好全身心地投入和付出。

前些年，有记者问美国篮球巨星科比成功的秘密，他反问道："你看到过洛杉矶凌晨四点的风景吗？"他说自己每天都看得见，因为他每天四点就到篮球馆练球了。

世界上有一个普遍的现象是：所有成功的人，都不仅仅没有停下脚步，而是让勤奋成为生命中的习惯。而那些没有成功的人，却在怨天尤人，止步不前。假如你认准了一条路，那就一条道走到黑，勤奋而执着，成功就会在不远处等你。

爱斯基摩人"插刀待狼"

古人早就发现了贪欲是人的致命软肋,所以,发明了欲壑难填这个成语。因为永不满足的贪欲,会将自己一步步引向万劫不复的深渊。

生活在寒冷的北极的爱斯基摩人,距离现代文明还很遥远,生活方式基本还停留在原始狩猎的时期。但是,他们面对一年四季的冰雪严寒,却依靠自己的智慧,发明了很多奇异的捕猎技巧。其中捕狼的方法尤其让人叫绝:他们在锋利的刀刃上涂上一层动物的鲜血,凝固之后再涂第二层的鲜血,接着再涂第三层、第四层,直到冻成血坨,刀刃被血浆完全封裹起来,然后反插在野外的雪地上。

中国人的"守株待兔"是迂腐的代名词,但是,爱斯基摩人的"插刀待狼"却是过人的大智慧。在北极的冰雪荒原上,狼常常很多天找不到食物而饥饿难挨,他们在十几公里之外闻到动物的血腥气味之后,立即疯狂地向着血坨的方向奔跑。狼看到血坨,会不假思索地兴奋地舔食刀上新鲜的冻血。狼舌头上的温度也会渐渐融化刀上的冻血,不断散发出强烈的气味。而在血腥味的刺激下,狼会越舔越快，越舔越用力。

狼这时已经嗜血如狂，凛冽的刀锋已经裸露出来，但它也毫无察觉，根本感觉不到舌头被刀锋划开的疼痛，狼此刻根本不知道它舔的已经是自己的鲜血，反而变得更加贪婪，直至自己的鲜血流尽，倒在地上，成为爱斯基摩人的猎物。

爱斯基摩人用这样一个简单的方法，千百年来诱捕到了多少只狼，他们自己也不知道。但是，有一个事实是：他们用这样一把简单的利刃，有时候诱捕到一只狼，有时候是几只狼，有时候甚至能一次诱捕到十几只狼。因为，如果是一个狼群，它们会更加肆无忌惮地争抢，甚至有的狼会一口插中动脉血管而瞬间毙命。

毫无疑问，让狼最终耗尽生命的，是狼自己的贪欲。而爱斯基摩人，正是巧妙地利用了狼的贪欲的本性，设置了这样一个陷阱。

岂止是狼，我们每个人都有欲望，或者都有贪欲之心，看看那些一个个倒下的人，是不是也倒在了美丽的外壳下藏着的那把利刃的陷阱中？

敬畏之心

无论是对于自然界的万物，还是人世间的一切，我越来越充满了敬畏之心了。

我有一个朋友，曾经担任很高的职务，主管一个省的经济部门，我们常常共同参加一些朋友之间的活动。印象中，每次见面，他对我说得最多的一句话是，有什么事情尽管说话，仿佛什么问题他都能解决。

那时候他正在仕途道路上顺风顺水，到哪里都是前呼后拥。但是，每当听他对我说这句话的时候，我总在想，他的话语中少了敬畏之心，对权力的敬畏。

两年以前，我的这个朋友因为本省一桩金融大案而锒铛入狱。我多年的担心，最终成为现实。毫无疑问，正是他的无所畏惧毁了他的大好前程。

一个人在社会上什么事情都能摆平吗？不可能。法律约束着每一个人，所谓天网恢恢，疏而不漏。

居住在乡下的院子里，清晨和傍晚我都会修剪整理那些树木和花草。院子刚刚建成两年，树木都才两年的树龄。可是，让我惊奇的是，两颗枣树，四棵石榴树，今年都结果了，小小的枣树上结满了枣子，每一棵石榴树上都结了几十颗石榴。面对这些树木，我内心深处对于大自然充满了神圣的敬畏。一棵树苗栽种到土地里之后，它们就在阳光和风雨中茁壮成长，结出了丰硕的果实，其中隐藏着多少我们并不知道的神奇密码。在神奇的大自然面前，我们的能力又有多少呢？

在乡间，常常遇见多年不见的人，像小学的同学、儿时的玩伴，也有多年没有走动过的亲戚。几十年的光景，见面之后，看到大家都已经是两鬓斑白，最多的是对时光和岁月的喟叹。屈指算算，几十年了，很多人都是儿孙满堂了，岁月怎么这样快啊！

不论我们掌握了多少知识，我们都无法挽留时间的脚步。在岁月面前，我们是这样的无能为力，是这样的渺小。对于匆匆时光，我们除了充满敬畏，就是紧紧追赶它矫健的身影。

一个在时间面前放纵自己的人，必定是一事无成的人。只有对时光充满敬畏的人，才会在岁月的河流中收获希望与成功。

我越来越感觉到，身边的每一个人都有自己独到的长处，都有让我们敬畏的地方。

一个几年不见的同乡，突然间来造访，邀请我到他的公司喝茶。我去了，非常吃惊，公司有上百名员工，在济南很有名的一个写字楼里买下来一层楼，办公设施也是一流的。我看得出来，他的事业做得很大。

我很清楚，多年以前，在同乡圈子里大家都瞧不起他，认为他没有什么特长，不会做成什么事情的。

每一个人都有独到之处,如果他没有成功,要么是他没有努力,要么是他还不到时候。我们不要瞧不起任何一个人,应对每一个人都有敬畏之心。

很多年以前就听说过李嘉诚弯腰从地上捡硬币的故事,我们从这里得到的启示是他作为亿万富豪对财富的敬畏之心。

"一粥一饭,当思来之不易。半丝半缕,恒念物力维艰。"说得是何等的好啊。可是,我却越来越感觉很多人忘记了对财富的敬畏,到了国外一掷千金,以致很多国家把建设购物城作为吸引中国游客的手段。

我常常想,当你对权力没有了敬畏之心的时候,你一定会受到权力的惩罚;而当你对财富没有了敬畏之心的时候,你同样一定会受到财富的惩罚。

敬畏之心,并不是要一个人面对困难时候的畏缩不前,并不是要一个人丧失人生的勇气和斗志,而是让你正确认识自己,清醒地权衡自己的位置和重量,做一个理性的人。

当我们对世界有了敬畏之心的时候,我们才会成为一个大无畏的人,才会成为一个游刃有余的人,才会有明媚而从容的人生。

任何成功者的真相都不浪漫

　　一个人的心用在哪里，用了多深，天长日久就渐渐显现出来了。所以，当你发现一个人在某一个领域突然有了不凡建树的时候，你不要奇怪，这一定是人家长期默默用心追求的结果。只不过，在大放异彩之前，你看不到人家的坚持。

　　有一个青年人决定离开父母，要去闯荡江湖。我问他：你的口袋里有多少筹码？他愕然，问我：什么筹码？我说就是你的本领啊，你准备靠什么本领去闯荡呢？青年人低头无语，最后他决定不走了，要下决心学几样本领，多积攒筹码。我们每一个人都是如此，当我们下决心要去闯荡世界的时候，一定要提前准备好自己的筹码。

　　1982年，路遥开始专业创作。他着手写一部被他作为礼物献给他"生活过的土地和岁月"的书。路遥坦言：写作艰难，想起来不寒而栗。一个冬天，几乎和任何人不说话，语言能力都丧失了，很孤单。晚上只睡五六个小时，起来还得走到桌子前，继续写，自己说服自己，像哄小孩一样哄自己。每天吃完晚饭后，散一会步，机器似的。工作特别紧张，上厕所都拿着笔、纸，一到地方，才知道

上不了，跑回来放下再去。

办公室有两个老鼠，路遥写作时，卧在沙发上看着他。实在没有办法，叫了几个人打老鼠，打死一只，路遥又很后悔，觉得这一只老鼠太孤单。他竟同情老鼠的孤独，只因自己深知孤独是多么蚀骨。

有一天火车一鸣叫，路遥就放下笔，披上破棉袄，冲到火车站去，是一辆拉煤的车，并不是客车。可是，他内心足足地渴望着会有人来看望他。悲凉在心底聚集，慢慢地寒冷入骨，只得叹一口气回去。到周末，从房子看向对面的家属楼，灯火通明，每个窗户后面都在炒菜、喝酒。别人喜气洋洋，享受着生活的欢愉。外面下着雨夹雪，而路遥只是孤孤单单的一个人。他站在窗边，直至灯火俱熄，涌出热辣辣的眼泪。《平凡的世界》，这部伟大的作品就在路遥对文学圣徒般的坚持中诞生了。

任何成功者的真相都不浪漫。但是，大家往往认为，成功者的跋涉之路上，充满了幸运的机遇。其实，机遇偏爱有准备的人。

杰出的人，就是能把很平凡的事情做得不平凡。

当上帝给你荒野时，是要你成为驰骋疆场的骏马；当上帝给你波涛汹涌的大海，是要你成为一个不惧风浪的舵手；当上帝给你深重的苦难，是要你练就坚韧的筋骨。云在青天水在瓶，生活的一切，自有深意。

鸿鹄之志

君子立志，当有包容世间一切人和事的胸怀，也就是司马迁在《史记》中说的"鸿鹄之志"。《后汉书》中说："志不求易，事不避难。"有大抱负，才会产生大动力、大魄力，才会有杜甫《望岳》中的"会当凌绝顶，一览众山小"的大境界，才会有以天下为己任的大气象。

人是自己观念的随从，你是一个什么样的人，首先在于你想成为一个什么样的人。古人说："我欲仁，斯仁至矣。"就是说，我想得到仁，于是就日夜攻读，钻研孔孟的学问，慢慢就接近仁的境界了。如果想都没有想过的事情，连实现的可能性都不会有的。

青年人最不可缺少的是刚。刚是生命中的威仪、自信与力量，是凛然不可侵犯的大丈夫气概，是让一个人站立起来的秉性。假如一个人生命中没有刚，则不能自立，不能自立则不会自强，不能自强，何来建功立业？

看一个人，不是看他做了什么，而是首先问他想做什么。问他想做什么，是问他的心，是考察他的志向。因为，如果他想都没有

想过的事情，也就根本不会去做，他的人生，自然也没有方向。诸葛亮说"志当存高远"，王夫之说"传家一卷书，惟在汝立志"。大凡有成就的人，没有不志向远大的。

《左传》中说："太上有立德，其次有立功，其次有立言。"这说的是人可以在这三个方面努力：仁德布于四海、为国家建功立业、著书立说。也是要求青年人要志在高远，按照难易程度去努力，做到其一，也足以名垂青史，流芳百世。

在少林寺里，有一块释迦牟尼、孔子、老子三人合体像碑碣，三人为佛祖、儒圣、道尊，碑碣勒有赞语："三教一体，九流一源，百家一理，万法一门。"这块碑碣告诉我们的是，不管哪一个教，只是方法不同，但是修行的最后境界是相同的。其实，如果一旦明白了这个道理，我们的人生即豁然开朗。千万条江河，终归于大海；不论走的是哪一条道路，最终都到达同一个终点。

我们都不是圣人，免不了也有斤斤计较的时候，有心浮气躁的时候，有见识短浅的时候，有判断失误的时候，重要的是，我们能每一天面对自己的不足与弱点，进行深刻的拷问，这就最终决定了不同的归宿与格局。如不能常常扪心自问，找到自己困惑的症结，就会时时心神不宁，人生茫然。而如能做到，则自然心正气顺，有所作为。

柳色如烟

说柳树生出万千曼妙的具体地方,最有代表性的就是泉城济南了。济南的环城河两岸,是清一色的柳树;大明湖边,也都是柳树;著名的72泉群里,更是柳树的天下。所以,济南自古有"四面荷花三面柳,一城山色半城湖"的美誉,这副镶嵌在大明湖小沧浪园的对联,也成为济南生动的写照。

而与济南的这副对联有一比的是描写扬州瘦西湖的"两岸花柳全依水,一路楼台直到山"。经过千里奔波到达扬州的大运河,两岸杨柳依依,柳色如烟,烟雨江南的景色尽收眼底。这副对联成为扬州廿四景之一"西园曲水"的代名词,镶嵌在石坊上,名曰"翔凫",临岸贴水,状似待客游湖,意境幽远,将乘舟游览瘦西湖所能看到的景致,刻画得惟妙惟肖。

唐朝诗人韦庄的《台城》:"江雨霏霏江草齐,六朝如梦鸟空啼。无情最是台城柳,依旧烟笼十里堤。"这首诗最能代表河边之柳的风度了。"江""雨""草"三者交衬共融,与岸边杨柳一起构筑出

一派迷蒙清幽、如烟似雾的境界。而堆烟叠雾的杨柳绿遍十里长堤，则衬托出大自然生机勃勃、逢春必发的万千景象。

但如果说柳的浪漫和凄婉诗意，则要首推宋代柳永的《雨霖铃》："寒蝉凄切，对长亭晚，骤雨初歇。都门帐饮无绪，留恋处，兰舟催发。执手相看泪眼，竟无语凝噎。念去去，千里烟波，暮霭沉沉楚天阔。多情自古伤离别，更那堪，冷落清秋节。今宵酒醒何处？杨柳岸，晓风残月。此去经年，应是良辰好景虚设。便纵有千种风情，更与何人说？"

这首宋词中的代表作，把河岸之柳带进了千年词坛。每当诗家词人到了河边水岸，哪个不发"杨柳岸晓风残月"的吟诵！这首词原为唐教坊曲，相传，唐玄宗避安禄山之乱入蜀，时霖雨连日，栈道中听到铃声。为悼念杨贵妃，便采作此曲，后柳永用为词调。这首词抒发的是柳永酒醒后的心境，也是他漂泊江湖的感受。站在河边柳树下，看着随风飘动的杨柳，表达难留的离情；用晓风凄冷表达别后的寒心；用残月破碎表达此后难圆之意，将离人凄楚惆怅、孤独忧伤的感情，表现得充分、真切，创造出一种特有的意境。

如果说哪首咏柳的古诗最为著名，当然是唐朝诗人贺知章的《咏柳》："碧玉妆成一树高，万条垂下绿丝绦。不知细叶谁裁出，二月春风似剪刀。"

这首诗因为入选了小学语文课本，不仅仅成为普及古诗的范本，也赋予了柳树婀娜多姿的浪漫情怀。

这首诗，把杨柳曼长披拂的枝条形象，形容、比拟成美人苗条的身段、婀娜的腰身。上句的"高"字，衬托出美人婷婷袅袅的风姿；

下句的"垂"字，暗示出纤腰在风中款摆。诗中没有"杨柳"和"腰肢"字样，然而这早春的垂柳以及柳树化身的美人，却写活了。

然而，更妙的是"不知细叶谁裁出，二月春风似剪刀"，诗人借柳树歌咏春风，把春风比作剪刀，说她是美的创造者，赞美她裁出了春天。诗中洋溢着人逢早春的欣喜之情。在贺知章之前，有谁想过春风像剪刀？把乍暖还寒的二月春风由无形化为有形，它显示了春风的神奇灵巧，《咏柳》也因此成为咏物诗的典范之作。

杜甫的《腊日》有句："侵陵雪色还萱草，漏泄春光有柳条。"也是歌咏杨柳的名句。诗人告诉人们，忘忧草还承受着雪色寒气的侵袭，可是，柳树的枝条已经开始吐绿，报告人间万物复苏的春天就要来临了。

南宋诗人僧志南的《绝句》："古木阴中系短篷，杖藜扶我过桥东。沾衣欲湿杏花雨，吹面不寒杨柳风。"这首诗也是把柳与春风联系在一起。写诗人在微风细雨中拄杖春游，通过小桥，一路向东，正好有东风迎面吹来，杨柳枝随风荡漾，给人以春风生自杨柳的印象。

春天来了，万物复苏，而最先报告春消息的是万千杨柳。柳色如烟，给我们带来了多少美妙的诗意和浪漫！